AF279524

SALARES

LETALER GRÜNER WASSERSTOFF

Autor: Klaus-Peter Sperling

Impressum

Bibliografische Information der Deutschen Nationalbibliothek: Die Deutsche Nationalbibliothek verzeichnet diese Publikation in der Deutschen Nationalbibliografie; detaillierte bibliografische Daten sind im Internet über dnb.dnb.de abrufbar
©2025 Klaus-Peter Sperling
Verlag: BoD · Books on Demand GmbH, Überseering 33, 22297 Hamburg, bod@bod.de
Druck: Libri Plureos GmbH, Friedensallee 273, 22763 Hamburg

ISBN: **978-3-7693-7602-9**

Ein Tag ist eben nicht wie jeder andere.

Weisheiten des Lebens bringen uns immer ein Stück nach vorne.

Das dachte sich auch Karin van den Buur. Der Name klingt niederländisch. Tatsächlich lebt Karin heute in der schönen Bergwelt Andalusiens.

Vor vielen Jahren ist sie ihrer inneren Stimme der Freiheit in ein vermeintlich unbeschwertes Leben gefolgt.

Damals in den 2000er war Karin sehr unglücklich.

Weder das Beruf- noch das Privatleben waren ihrer Person würdig. Viel zu viel hatte sich um sie herum ereignet.

1993 hat sie ihren geliebten Ehemann, Wim van den Buur, auf tragische Weise verloren. Wim ist an einem nebeligen Novembertag mit ihrem Auto von der Straße abgekommen und gegen einen Baum geprallt. Er verstarb noch an der Unfallstelle auf der alten B9 zwischen Aldekerk und Stenden. Für ihn kam jede Hilfe zu spät.

Karin fühlt sich noch heute schuldig am Tod ihres geliebten Mannes.

Am Sterbetag wollte sie unbedingt den größeren
Wagen ihres Mannes fahren, weil sie eine große
Menge Material für die neue Küche kaufen wollte.
Ihr Ehemann Wim ist mit ihrem Kleinwagen
gefahren und kehrte nie wieder zurück.

In den Wochen, Monaten und Jahren danach stürzte
sich Karin tief in ihre sehr erfolgreiche berufliche
Laufbahn als Historikerin.

Sie hat sich in all den Jahren ein hohes Maß
internationaler Anerkennung erarbeitet.

Historiker machen Strukturen und Zusammenhänge
erkennbar und zeigen Ursachen und Wirkungen von
Ereignissen und historischen Entwicklungen auf, die
oft bis in die Gegenwart reichen und diese
mitbestimmen.

Die Geschichtswissenschaften können somit zu
einem differenzierten Gegenwartsverständnis
beitragen.

Karin hatte sich die Entwicklung ihres Berufes als
Historikerin damals anders vorgestellt.

Sie recherchierte in der Historie der reichen
Familien in den europäischen Ländern. Natürlich
gab es immer wieder Verbindungen untereinander.

Ebenfalls fanden sich immer wieder Verbindungen
zu politischen Ämtern und Würden.

Je tiefer sie recherchierte, desto mehr wurde ihr Glaube an Recht und Freiheit enttäuscht.

Natürlich haben alle Lebensphilosophien der Familien oder Dynastien ihre Berechtigung.

Doch der negative Einsatz von Macht wurde immer dann für andere erschütternd, je näher er der Gegenwart kam.

Alle damit verbundenen Gedanken, brachten Karin schneller an den Rand eines unhaltbaren nervlichen Zustands.

Sie arbeitete über 30 Jahre erfolgreich in diesem Genre, bis sie mit Mitte 50 an ihrer Arbeit zerbrach und ein Burnout erlitt. Zu sehr hatte sie die recherchierten Vorgänge an sich rangelassen.

Zu offensichtlich sind die Anfeindungen der reichen Familien dieser Welt ihr gegenüber. Die Familien haben es nicht gerne, wenn man den wahren Entwicklungen ihrer Imperien auf den Grund ging.

Immer wieder ist sie den hässlichen Attacken auf ihr Leben oder ihr Eigentum ausgesetzt. Sie hatte viel Glück, dass sie bei einigen Attacken nicht verletzt oder getötet wurde.

Karin fasst 2014 den Entschluss sich aus der beruflichen Umklammerung zu lösen und sich keinen weiteren Gefahren mehr auszusetzen.

Man bedrohte sie, wo auch immer sie sich aufhielt.

Die Planung ihres Fortgangs aus Deutschland hatte sie akribisch zusammengestellt. Sie verkauft ihre Immobilien und Wertgegenstände. Danach verlässt sie Deutschland mit dem Ziel Spanien.

Um Nachstellungen der Familien Clans aus dem Weg zu gehen, mietet sich Karin in den ersten drei Jahren an verschiedenen Orten entlang der Küste der iberischen Halbinsel monatsweise voll möblierte Wohnungen.

Sie nutzt ausschließlich Prepaidkarten in Handys, die sie sich auf Wochenmärkten kauft und eintauscht.

Es ist kein Fluchtverhalten. Eher ein Spuren verwischen. So wie sie es in ihrer beruflichen Laufbahn von vielen beteiligten Personen gelernt hat.

Karin ist es aus ihrer beruflichen Laufbahn nicht unbekannt, dass andere Menschen die Spuren ihres Lebens verwischen. Eine Kunst ist es dann locker weiterzuleben.

Irgendwann im Jahr 2018 ist Karin in den Bergdörfern Andalusiens mit ihrem kleinen Auto unterwegs.

Da es keine Zufälle gibt, empfindet sie den Moment, als sie das kleine Dorf Salares erreicht, als Prophezeiung.

Die kleinen Bergdörfer Andalusiens sind seit den 1980er Jahren von einer wahren Landflucht befallen. Immer mehr Familien verlassen die Bergdörfer, um in den touristischen Küstenorten der Costa del Sol oder im Ausland ihr Glück zu finden. Die Bevölkerungszahl von Salares sank ab 1900 von über 1000 Einwohnern auf aktuell 175 Einwohner.

Karin geht den, von den ehemaligen Einwohnern gewählten Weg, entgegengesetzt. Sie sucht die Ruhe, die Kraft der Natur und die geistige Ausgeglichenheit, um mehr und mehr wieder zu sich selbst zu finden. Einfach ein wenig sesshaft werden und kreativ handeln können, dass schwebt ihr vor.

Die letzten drei Jahre waren trotz der schönen Umgebungen und ständigem Urlaubsflair für sie eine unnötige Hatz.

Sie sehnt sich nach Glückseligkeit. Anders als andere Menschen, die ihr Glück durch Reichtum und Besitz definierten.

In Salares findet Karin die Möglichkeit, sich eine der leerstehenden Immobilien auszuwählen und dort sechs Monate kostenfrei auf Probe zu wohnen.

Natürlich muss sie die Energiekosten tragen und für Ordnung und Instandhaltung sorgen. Diese Kosten sind jedoch bei weitem nicht so hoch wie in anderen Ländern Europas.

Voraussetzung für die Übernahme einer solchen Immobilie ist eine gute Bonität, ein gutes Einkommen, eine Krankenversicherung und der Wille, alle vier Wochen an den Gemeinschaftsarbeiten im Dorf teilzunehmen.

Dieses Lebensprogramm für Aussteiger aus ganz Europa hat sich der junge Bürgermeister Jose Miguel Hernandez zusammen mit der Landesregierung Andalusiens überlegt, um das Dorf Salares wieder zu beleben.

Karin entscheidet sich kurzfristig, an diesem Programm teilzunehmen.

In den folgenden Jahren entwickelte sich in der Gemeinschaft der Einwohner ein hohes Gefühl der Achtung und Wertschätzung untereinander.

Natürlich gab es auch Menschen, die nach kurzer Zeit wieder aus dem Dorf verschwanden.

Diese Menschen haben in Salares nicht das gefunden, was sie sich vorgestellt haben.

Der erneute Rückzug von der vorher getroffenen Entscheidung hat den Hintergrund, dass die

Menschen zwar die Ruhe wollten, aber zu weit vom Geschehen entfernt wohnten. In Gemeinschaften zu leben, bedeutet ein hohes Maß sozialer Kompetenz und Empathie gegenüber Menschen und Tier.

25 Kilometer zur nächstgrößeren Stadt ist in den Bergen Andalusiens schon eine Herausforderung.

Die Gemeinschaft des Dorfes wächst immer stärker zusammen. Keiner geht dem anderen durch ständige Kontaktaufnahme auf die Nerven. Keiner ist befallen von der altbekannten „Ich weiß was" oder „Hast du gehört" Mentalität.

Das Wort „Manana" ist in Salares die wichtigste Vokabel. Langsam zum Ergebnis kommen schont eines jeden Nervenkostüm.

Der nahgelegene Naturpark Sierras de Tejeda ist ein wichtiger Magnet für das kleine Dorf Salares.

Er zieht sehr viele Wanderer und Naturliebhaber ins Dorf.

So kann sich „Toni" der Barbesitzer und Kolonialwarenhändler oft an einer zusätzlichen Einnahmequelle erfreuen.

Der Frühkaffee in Toni`s Bar und das kleine Bocadillo sind für die Dorfbewohner obligatorisch am frühen Morgen.

Gerade für die Bewohner, die einen weiten Weg zur Arbeit haben. Sie nehmen von den anderen Einwohnern Bestellungen auf und bringen diese aus der Stadt mit. So versorgen sich die Dorfbewohner untereinander.

In der Corona Zeit ist Salares einer der wenigen Orte, die keine Infektionen bei den Einwohnern zu verzeichnen hat.

Warum wohl?

Die deutlich größere Anzahl an Wanderern und Naturliebhabern hat in Salares eine umgekehrte Wirkung.

Entgegen den negativen Entwicklungen in den gut 30 Kilometer entfernt liegenden Küstenorten, war hier oben saubere Luft und wenig direkter Kontakt untereinander.

In Salares läuft alles normal weiter. Kein Pandemie-Stress. Nicht ein Hauch von Denunziation und keine älteren kranken Menschen, die in anderen Orten isoliert worden sind. Die Dorfbewohner haben sich herzzerreißend um die älteren Menschen gekümmert. Deren Verwandten durften ja nicht aus anderen Dörfern zu ihnen kommen.

Kaum war Ende 2021 die allgemeine Corona Beschränkung aufgehoben, setzte ein neuer Run auf Immobilien und Grundstücke in Salares ein.

16

Die Gründe ergaben sich aus der Situation, dass sich ein Krieg zwischen Russland und der Ukraine andeutete.

Wenige Wochen später ist der Krieg Realität.

Die russischen Bürger mussten aufgrund des europäischen Embargos gegen Russland ihre Immobilien in Spanien verlassen.

Eine neue Zeit beginnt.

Karin steht nach Jahren der Ruhe plötzlich mittendrin, in ihrer beruflichen Vergangenheit.

Sie fährt wie gewohnt an einem Donnerstag zum Handwerkermarkt nach Trapiche.

In den letzten Monaten hat sie eine große Menge an handgearbeiteten Tischdecken, Schals und Sommerkleidern hergestellt. Diese verkauft sie auf den Märkten, wie zum Beispiel in Trapiche.

Es sind alles Unikate. Nichts gibt es zweimal. Auch in den unterschiedlichen Größen gibt es nichts doppelt.

So hat sie sich in der Kürze der Zeit einen guten und solventen Kundenstamm aufgebaut, der ihre Arbeiten schätzt.

Das von der EU erlassene Embargo gegen russische Bürger führte zu einer regelrechten Finanzflucht.

Sehr viele Immobilien in Andalusien, die im Besitz russischer Bürger waren, konnten in den Monaten nach dem Erlass des Embargos für kleine Beträge erworben werden.

So kommt es dazu, dass die Bewohner skandinavischer und baltischer Staaten vor der Drohgebärde der Russen Angst bekommen und sich einen neuen Lebensmittelpunkt in Spanien suchen.

Ebenso flüchten viele wohlhabende ukrainische Familien nach Spanien. Natürlich sind darunter auch Geschäftsleute, die eine neue Einnahmequelle wittern.

Die westliche Welt ist von heute auf morgen für viele Menschen unterschiedlicher Herkunft aus den Fugen geraten.

Die fortschreitende NATO-Osterweiterung bringt Russland immer mehr gegen den Westen in Stellung.

Und genau ab hier, ist Karin van den Buur wieder mittendrin im Geschehen.

Karin ist gerade dabei ihren Verkaufsstand im Trapiche Markt aufzubauen, als sie ein Gespräch zwischen dem Besitzer der Lokalität und einem ukrainischen Geschäftsmann mithört.

Die beiden Männer unterhalten sich in englischer Sprache.

Im Gespräch der beiden Geschäftsleute geht es um ein geplantes Event des ukrainischen Geschäftsmannes. Es soll auf dem Gelände des Trapiche Marktes stattfinden.

Mehr kann Karin momentan dieser Unterhaltung nicht entnehmen, da sich bereits ein paar Damen für ihre Produkte interessieren. Sie versucht immer wieder Bruchstücke der Unterhaltung mitzubekommen.

Fast acht Jahre hatte Karin keinen Bezug mehr zu ihrem alten Beruf. Dennoch wird das alte berufliche Gen sofort wieder aktiviert.

Karin will genau wissen, was hier vor sich geht. Sie bewegt sich zum Ende des Trapiche Markttages auf den Besitzer der Räumlichkeiten zu.

„Jaime, ich habe dich eben mit dem netten Geschäftsmann gesehen. Sind hier neue Veranstaltungen geplant?“

„Wie meinst du das, Karin?“

Er schaut gleichzeitig etwas erschrocken.

„Ach so, du meinst das Gespräch heute ganz am Anfang des Marktes mit dem Herrn aus der Ukraine! Ja, er will hier Veranstaltungen mit anderen Geschäftsleuten durchführen. Er bittet mich um eine hochwertige Ausstattung, sowohl in der Auswahl der Speisen, Getränke, als auch das gesamte Ambiente!“

„Was soll auf dieser Veranstaltung präsentiert werden, Jaime?“

„Da kann ich dir keine Einzelheiten nennen, Karin! Ich weiß es nicht!“ Er schaut etwas fragend. „Warum interessiert es dich so sehr?“

„Ich bin an solchen Menschen immer sehr interessiert! Sie bergen immer geheimnisvolle Dinge in sich!“

„Wenn du mehr erfahren möchtest, dann kannst du in 10 Tagen an der Veranstaltung teilnehmen! Es nehmen rund 150 Gäste an der Veranstaltung teil. Für den guten Service benötige ich dazu dringend Personal!“

Karin zögerte einen kurzen Moment. „Jaime, sag mir was ich tun soll, und ich helfe dir!“

„Du kannst beim Tischservice helfen. Das heißt, dass du Speisen und Getränke servierst.

So bis du sehr nah am Geschehen! Außerdem sprichst du gut Englisch und kannst dem anderen Personal helfen, falls sie die Gäste nicht verstehen.“

„Jaime, dass ist perfekt!“

Karin hat an diesem Tag sehr gute Umsätze getätigt. Sie räumt ihren Verkaufsstand und fährt mit dem halb gepackten Auto nach Salares.

In den kommenden Tagen ist Karin damit beschäftigt ihre Kollektion wieder zu vervollständigen.

In den Anfängen der Marktbesuche war sie auf drei weiteren Wochenmärkten präsent. Das bedeutete, dass sie vier ganze Tage unterwegs war. Diese Präsenz hat sie nach wenigen Wochen wieder eingestellt.

Sie hat gemerkt, dass die Touristen auf den anderen Wochenmärkten lieber preiswerte Massenware gekauft haben. Da es sich meist um Ware aus China oder Nordafrika handelte, konnte sie mit ihren Produktionskosten bei weitem nicht mithalten.

So hatte sie mit ihrer hochwertigen Ware des Öfteren gerade einmal die Standgebühren des Tages eingenommen.

Aufgrund ihrer Erfahrungen hat sie sich auf zwei Märkte festgelegt. Den Markt in Trapiche und den Abendmarkt in Malaga.

An beiden Orten ist das Publikum begeistert von ihren individuellen Kollektionen.

So sehr sich Karin gegen ihre Gedanken an das Fest der Geschäftsleute wehrt, desto intensiver wird ihr Zielgedanke.

Es wird sich einiges in ihrem ruhigen Leben verändern!

So rückt der Tag der Veranstaltung im Jardin del Trapiche immer näher.

Karin kann jetzt nicht von sich behaupten, nervös zu sein. Eine gewisse Unruhe begleitet sie am Tag der Veranstaltung.

Chic in schwarz gekleidet trifft sie im Jardin del Trapiche ein. So ist sie als Serviererin gut zu erkennen. Insgesamt sind 32 Personen als Personal zugegen.

Die Gastgeber sind ebenfalls schon früh in Trapiche. Mitarbeiter von ihnen bauen die großzügige Technik auf.

Eine große Leinwand, riesige Lautsprecherboxen, mehrere Mikrofone und eine riesige Beleuchtungsanlage werden aufgebaut.

Ein großer runder Tisch ist bereits mit acht Männern besetzt, die alle Anzüge aus edlen Stoffen tragen. Jeder der Männer trägt eine auffällige Uhr am linken Handgelenk.

Karin hört einige Vornamen.

Maxim, Dimitro, Artem, Lew und Marco.

Sie fragt die Herren, ob sie schon ein Getränk wünschen.

Alle lehnen dankend ab und verlangen nur einen Aschenbecher.

Schnell stecken sie ihre Köpfe wieder zusammen und unterhalten sich in einer Sprache, die Karin als russischen Dialekt erkennt.

Zwischendurch fallen ein paar deutsche Worte, die darauf deuten, dass sich hier die Verwandtschaft einer oder mehrerer Familien trifft.

Rund eine Stunde später treffen die ersten Gäste ein. Sie werden vor dem großen Saal empfangen und dann von den einzelnen Herren des „runden Tisches" an ihre Plätze im Saal geführt.

Karin und ihre Kollegen und Kolleginnen servieren den Gästen die ersten Getränke.

Einige Zeit später schließen sich die Türen des großen Saales und niemand hat mehr die Möglichkeit einzutreten.

Hinter den verschlossenen Fenstern und Türen beginnt eine Präsentation der verantwortlichen Herren des runden Tisches.

Karin versucht noch den ein- oder anderen Blick zu erhaschen, doch der große Saal ist vom Sicherheitspersonal abgeschirmt. Sie kann keine Inhalte verstehen von dem, was im Saal präsentiert wird.

Nach gut 45 Minuten öffnen sich die Türen unter lautem Applaus der geladenen Gäste.

In der folgenden Stunde bekommen die Gäste eine feine Auswahl spanischer Tapas serviert.

Dazu gibt es die leckersten Weine aus der Region. Als Besonderheit servieren sie einen lieblichen Wein aus El Borge.

Karin versucht derweil an Informationen über die Aktivitäten der Gruppe zu kommen.

Tatsächlich kann sie einen Blick auf das Manuskript am Rednerpult werfen. Durch ihren erlernten Beruf ist sie in der Lage schnell und diagonal zu lesen.

Sie merkt, dass sie es nicht vermisst hat. Dennoch fühlt es sich unerwartet gut an.

Mit den gelesenen Inhalten kann sie sehr viel anfangen!

Es handelt sich um die Familien der Verselys und Aspiws. Beide Familien sind in ihrem Heimatland stark in der Agrarwirtschaft verankert. Da viele Produktionsgebiete in dem umkämpften Gebieten der Ukraine lagen, sind sie nun auf der Suche nach neuen Geschäftsfeldern.

Die Veranstaltung dient der Kapitalsuche und Investitionsbereitschaft der anwesenden Gäste. Zusätzlich wird die Verbindung im Bereich der großflächigen Agrarwirtschaft gesucht.

An dieser Stelle die erste Weisheit, der Karin begegnet:

GUT IST DER REICHTUM WENN KEINE SCHULD AN IHM KLEBT!

Andalusien ist bekannt für die großen Anbauflächen von Olivenbäumen, Zitrusfrüchten und neuerdings der wasserintensiven Mango Frucht. So gilt es hier, dringend neue Felder im Bereich Energie- und Wassergewinnung zu finden.

Karin hat sich einen Einblick in die Aktivitäten der Gruppierung verschafft. Es handelte sich um Ukrainer und wohlhabende Andalusier.

Aus der andalusischen Politik waren auch Damen und Herren anwesend.

In den nächsten drei Stunden konzentriert sie sich auf die Bewirtung der anwesenden Gäste.

Sie hört aus den Gesprächen heraus, dass die Gebiete von der Sierra Nevada, entlang der Sierra Morena, bis hin zur portugiesischen Grenze Gegenstand der Diskussionen sind.

In der Hauptsache sollen zuerst die Brunnen- und Wasserrechte in diesem großen Gebiet geklärt werden.

Eins war klar: Einfach wird es nicht und es wird Opfer dieser Kampagne der ausländischen Investoren geben.

Immer wieder fällt der Begriff „Photovoltaik" in den Gesprächen.

Eine Umsetzung dieser Technologie wird einen umfassenden Eingriff in die Natur bedeuten. Denn unter einer installierten Photovoltaik Anlage wächst nichts mehr. Das bedeutet im Umkehrschluss eine weitere Vergrößerung der trockenen Gebiete in Andalusien.

Karin kann in den nächsten Tagen damit beginnen, die gesammelten Informationen in die richtigen Bereiche einzuordnen.

Sie ist sich sehr sicher, dass eine aufwendige Zeit der Recherche vor ihr liegt.

Für sie ist es wie eine Wiedergeburt in ihrem alten Beruf. Vieles erinnert an das früher erforschte Klientel der Reichen und Mächtigen.

In ihrem Dorf Salares, ihrem Rückzugsort fühlt sie sich sicher und kann von hier aus selbstbewusst agieren.

Für sie ist es sehr wichtig im Rahmen ihrer Recherchen nicht auffällig gegenüber den anderen Dorfbewohnern zu werden. Nicht das sie Angst hat, ein Dorfbewohner konnte etwas ausplaudern. Nein, es geht ihr um die Wahrnehmung von Situationen, die die Dorfbewohner nicht einordnen können.

Nur Madelena, ihre direkte Nachbarin und Freundin, informierte sie grob über ihre neuen Aufgaben.

Karin ist sich der Gefahr bewusst, wie gefährlich es ist, innerhalb von Familienclans zu recherchieren.

Für bestimmte Situationen braucht sie eine Verbündete, die für die Beteiligten nicht als solche zu erkennen ist.

Schließlich will Karin niemanden in ihrem Umfeld in Gefahr bringen.

Salares ist der optimale Ort, um ungebetene Personen schon bei der Anreise weit vor ihrer Ankunft im Dorf zu identifizieren.

Durch die vielen, ineinander verschachtelten Gebäude, können Fremde eine bestimmte Person nicht so leicht finden.

Karin recherchiert ab sofort im Umfeld der ukrainischen und spanischen Familien, sowie anhand der Gästeliste aus Trapiche.

Auffällig ist hierbei die internationale Besetzung der Gästeliste. Auf der Liste stehen Eigner von großen Bau- und Energieunternehmen aus Europa.

Diese Unternehmen sind schon präsent in Andalusien oder wollen es werden.

Die Liste ergänzt sich durch einzelne Personen aus der Schweiz, die hauptsächlich dem Bankwesen zuzuordnen sind, deren Herkunft aus jüdischen Kulturbereichen resultiert.

Eins hat Karin in der ganzen Euphorie über ihre spezielle Tätigkeit übersehen.

Die identifizierten Personen sind damit beschäftigt, das Servicepersonal zu durchleuchten.

Schließlich wollen sie wissen, wer in diesem großen Spiel mitspielen darf.

Zuerst beginnt Karin in ihrem kleinen Atelier, im Keller ihres Wohnhauses, eine Pinnwand mit Informationen über die Beteiligten zu bestücken.

So verschafft sie sich einen Überblick über die Aktivitäten der Beteiligten.

Als erste Gebiete für ihre Recherchen wählt sie die Sierra Nevada und Las Alpujarras aus.

Noch bevor sie ihre erste Recherche-Reise beginnt, erhält ihre Unternehmung einen herben Dämpfer.

In einer Lieferung bestellter Garne für Karin, befindet sich ein Drohbrief der unbenannten Clan-Familien. Dieser Brief wurde mit der Attrappe einer Bombe unterstrichen.

Der Drohbrief bezieht sich auf frühere Tätigkeiten von Karin als Historikerin im Umfeld der jüdischen Clan -Familien und vieler anderer Persönlichkeiten.

Eine wichtige Textzeile weist daraufhin, dass man keine Einmischung Karins in die Geschäfte der in Trapiche anwesenden Familien dulden wird.

Jetzt weiß Karin, dass sie auf dem richtigen Pfad unterwegs ist. Das Spiel beginnt!

In den Gebieten der Alpujarra und der Sierra Nevada haben die Konzerne R. und D. für den spanischen

Markt und den Export die Rechte erhalten, Grundwasser zu entnehmen.

Jedoch verstößt die unverhältnismäßige Entnahme hier laut Europäischem Gerichtshof gegen EU-Recht. Grund: Wassermangel.

Kein Abgeordneter im EU-Parlament sieht sich befähigt dem Wahnsinn Einhalt zu gebieten.

Im Detail geschieht folgendes:

Um ein Haar hat ein Lkw-Fahrer, die Umweltaktivistin Rosalie Fernandez übersehen. Im letzten Augenblick kann die Umweltaktivistin zur Seite springen.

Wo war der Tatort? Im Südosten Spaniens.

In der Provinz Granada, liegt die andalusische Gemeinde Dúrcal. Sie befindet am westlichen Fuß der Sierra Nevada mit optimaler Verkehrsanbindung an die südlich gelegenen Küstenregionen um Motril und den Hafen Motril.

In Richtung Norden und Osten bestehen ebenso perfekte Anbindungen, um alle Großstädte und Regionen Spaniens mit Mineralwasser zu versorgen.

„Die lügen wie gedruckt", sagt Rosalie.

Für die Inhaber des französischen
Mineralwasserkonzerns R., die das „Agua Deus",
das „Göttliche Wasser" vertreiben, ist Rosalie am
Werkstor unerwünscht.

„Diese Mineralwasser Firma bedroht unser
ökologisches Gleichgewicht in dieser Region.

Die Abfüllstationen graben uns im wahrsten Sinne
des Wortes das Wasser ab. Wir sind sehr auf die
Niederschläge angewiesen, die im Hochgebirge der
Sierra Nevada fallen.
Wenn es in diesem Sommer wieder so trocken sein
wird, wie in den vergangenen Jahren, können wir
unsere Felder und Gärten wieder nicht richtig
bewässern", sagt Rosalie.

„Wir benötigen als Ersatz für den fehlenden Regen
das Grundwasser! Doch das Grundwasser kommt
fast nur den Konzernen R. und D. zugute.

Die lügen so sehr, das sich die Balken biegen.

Sie behaupten: Stellt euch nicht so an. Die Quellen,
die wir anzapfen, liegen so abgelegen, da gibt es
keine menschlichen Aktivitäten."

In Worte gefasst bedeutet die Tätigkeit der
Konzerne:

„Einunddreißig Liter Wasser werden pro *Sekunde*
von den Konzernen dem Grundwasser
entnommen.“

„Schau dich um. Was siehst du? Olivenhaine, soweit
das Auge reicht. Auch die von den Konzernen
angebauten Olivenbäume brauchen jede Menge
Grundwasser.“

Gut einen Kilometer ist es vom Werksgelände des
Getränke- und Olivenmultis bis zu Rosalies
Länderei.

„Kartoffeln, Karotten und Oliven kann ich
anpflanzen. Besonders viel wirft die Parzelle in
letzter Zeit nicht mehr ab. Es ist zu trocken, weil es
zu wenig Wasser gibt.“

Ihre kleine Landwirtschaft will Rosa nicht aufgeben.
Rosalie, eine Frau mit dem Faible für selbstgedrehte
Zigaretten schüttelt im Schatten eines Olivenbaums
den Kopf.
Aufgeben? In der Fabrik arbeiten?

Das kommt nicht infrage! Lieber streitet Rosalie
sich weiter mit dem Getränkekonzern.
Knapp drei Jahre ist es her, da ersteigerte der
Lebensmittelkonzern R. eine zwischenzeitlich
stillgelegte Mineralwasserfabrik. Mit dieser Lizenz
fördert der Konzern pro Sekunde bis zu 31 Liter
Wasser und transportiert es durch ganz Spanien bis
nach Frankreich. Zu welchen Konditionen dies
geschieht, bleibt im Dunklen.

„Unsere, in der Unterwelt liegenden
Wasserreserven der Sierra Nevada, liegen in den
Händen von multinationalen Konzernen.
Du musst dir das mal vorstellen: Allein in Dúrcal
gibt es elf Abfüllstationen. Elf! Jahr für Jahr erlaubt
ihnen der Staat mehr Wasser zu fördern", kritisiert
Rosalie in Richtung Karin.

„Die Konzerne müssen weder Rechenschaft ablegen
noch prüfen, wie umweltverträglich ihre
Fördermengen sind.

Nichts passiert!!

Dabei ist die Artenvielfalt in der Region schon lange gesunken.
Das interessiert die Multinationalen nicht.
Sie schauen nur aufs Geld."

Andalusien und die Macht des Geldes:

Das ist eine Geschichte, die es in sich hat.
Das autonome Andalusien, im Süden der Iberischen Halbinsel, gilt nach wie vor als Armenhaus Spaniens!

Viele gute Arbeitskräfte gehen nach Barcelona, Madrid, Deutschland oder Frankreich.
Mit dabei sind ein paar Freunde von Luis.
Er ist Rosas Mitstreiter von der Bürgerinitiative gegen die Autonome Regierung Andalusiens, die immer schneller die Umweltauflagen lockert.

Für den jungen 43-jährigen Politiker Luis sitzt der „Gegner" nicht nur verschanzt hinter meterhohen Zäunen in der Abfüllstation, sondern in Sevilla, der andalusischen Landeshauptstadt.

Seit der letzten Landtagswahl haben die Konservativen das Sagen. Und wenn Ministerpräsident Juanma Moreno eines ist, dann sicher kein lupenreiner Ökologe.
„Für den ist das einzige Kriterium das Geld.

Seine sozialdemokratischen Vorgänger waren keinen Deut besser. Sie sind alle gleich. Durch die Pandemie ist die Lage in Dúrcal noch schwieriger geworden", sagt Luis.

„Morenos Regierung hat Umweltauflagen gelockert und das Mitspracherecht der Gemeinden eingeschränkt. Dies geschah wegen Corona, aber das nehme ich ihnen nicht ab. Dies ist der Hauptunterschied und nicht, welche der zwei großen Parteien in Andalusien das Sagen hat."

Gegenüber Karin regt sich Luis auf, nur um hinzufügen, vom Bürgermeister – einem Sozialdemokraten – dürfe man auch nicht zu viel erwarten.
Der Bürgermeister brüstet sich damit, einen „Global Player" wie die Konzerne R. Und D. ins verschlafene Dúrcal geholt zu haben.

„Als der Konzern R. 2020 an den Start ging, verbreiteten sie in den sozialen Medien
eine Nachricht mit den Worten: „Bald werden wir die Sierra Nevada erobern."
Wir haben sie darauf angesprochen und gefragt:
„Wie meint ihr denn damit?"
Ihre Antwort war: „Na, das sagt man halt so."
Wir sehen das als eine Art Kriegserklärung an und nicht als ökologische Unterstützung.

Sie wollen uns wirklich erobern. Das ist kein Zufall.

Sie hätten auch sagen können: „Bald werden wir
die Gegend bekannter oder nachhaltiger machen.

Aber nein, stattdessen posten sie auf Facebook:
„Bald werden wir die Sierra Nevada erobern.“

„Diese Ansage ist doch eindeutig,“ wirft Rosalie
ein.

Der nächste Gesprächspartner, ein deutscher
Auswanderer, äußert sich gegenüber Karin:

„Die Sierra Nevada „erobern“ – da wird einem
deutschen Auswanderer hier ganz anders.“
Vor über 20 Jahren ist Herbert T. – ein bayerischer
Bürger mit Vollbart – nach Südspanien
ausgewandert.
Er hat so seine Erfahrungen gemacht mit den
hiesigen Mineralwasserproduzenten.

Alle paar Wochen fährt T. von seinem Wohnort
Lanjarón in der Alpujarra, der verklüfteten Hobbit-
Landschaft, runter nach Dúrcal, zum Großeinkauf
im Supermarkt.
Meist trifft er sich auf einen Kaffee mit Rosa und
Luis. So wie heute, als er mit Karin unterwegs ist.

Das Mineralwasser heißt auch Lanjarón.

Alle unterhalten sich darüber, was sich die
Mineralwasser-Multis wieder Neues haben

einfallen lassen, und warum es sich trotz des
Regens im März fast schon wieder anfühlt, als wäre
Sommer.

Der künstliche Klimawandel lässt grüßen:

Oben in der Sierra Nevada sehen wir den Berg
Caballo. Er hat mehr als 3000 Höhenmeter. Da oben
sollten im Winter drei bis fünf Meter Schnee liegen.
Jetzt sind es vielleicht 30 bis 50 Zentimeter. Der
Rest ist Kunstschnee aus gefördertem
Grundwasser!"

Die Wege zu Herberts Landgut sind schmal.
Die Serpentinen: nichts für sensible Mägen.

Seine Nachbarn: weit entfernt.

Herbert liebt das. Die Abgeschiedenheit, in der sie
ihn und seine Hündin Lucy in Ruhe lassen.

Wenn da nicht der Health Konzern von D. wäre.
Dem französischen Lebensmittelmultikonzern
gehört eine der bekanntesten spanischen
Mineralwassermarken.
Der Zugang zu den Wasserquellen wird kontrolliert.

Eine ihrer Hauptquellen liegt keine zwei Kilometer
von seinem Landgut entfernt und treibt den Mann,
der in den 80er-Jahren im bayrischen Wackersdorf
Bekanntschaft mit dem ein oder anderen

Wasserwerfer gemacht hat, bei einer Stippvisite
fast zur Weißglut.

„Auf der rechten Seite, außerhalb der
Wasserabnahmestellen, sieht man fünf Panels, die
an großen Masten mit Kameras und Sirenenalarm
bestückt hängen.

Die sind nicht von der Guardia Civil oder von der
Gemeinde. Die sind privat, von Agua D.", erzählt er
Karin.

„Sie kontrollieren den Zugang zu ihren
Wasserquellen. Wer da wie und wann reingeht.
Obwohl hier unterhalb von uns, also direkt
unterhalb der Wasserentnahmestellen, ist eine
sogenannte ‚Zona recreativa'.

Also ein Freizeitgelände für Leute, die
hochkommen, um die Landschaft zu genießen. Und
das alles wird hier von einer Privatfirma überwacht.
Einfach empörend!"

Die Mitarbeiter des D.- Konzerns, mögen einen
zwar auf ihren Bildschirmen sehen, geben sich aber
schweigsam.

Sie wollen weder darüber reden, wie sie es
geschafft haben, fast alle Wasserrechte
aufzukaufen, noch darüber, warum H. als

Anwohner nur die Hälfte der ihm zustehenden
Wassermenge entnehmen kann.
Oder was es mit dieser Wasserstiftung auf sich hat?

Zu all diesen Details kein Kommentar. Stattdessen
eine Mauer des Schweigens – auch im Dorf.

„Ein Dorf im Zwiespalt!" So erklärt er es Karin.

„Das Dorf und ihre Politiker wissen genau, was
abläuft!
Aber sie sind halt im Zwiespalt und in der
Gefangenschaft!

Heute Brot, morgen Hunger.

Jeder hat einen Primo, einen Cousin, einen Onkel.
Oder er hat selbst eine Arbeitsstelle über das
Kurbad erhalten," sagt er.

„Also hängen da plus minus circa 200 Familien dran.

Zusätzlich alle ausgesourcten Arbeitnehmer, wie die
Lastwagenfahrer! Denn sie sind nicht angestellt
beim D.-Konzern.

Sie sind Selbstständige, die Aufträge bekommen
und dann zwischen 80 und 150 Lastwagen, große
Lastwagen, hier täglich aus unserem Ort
herausfahren."

Der, jetzt etwas knurrig wirkende Bayer, hat Tränen
in den Augen.
Karin und H. verabschieden sich voneinander mit
dem Gefühl der Endlichkeit.

Es folgt Karins Audienz bei Lanjaróns Bürgermeister
Eric E. Seinen vollen Namen gibt er nicht preis.

Es bedeutet erst mal im Treppenhaus zu warten.

Neben Ramon, einem kauzigen Rentner, der eine
Bescheinigung braucht und konstatiert, das sei hier
wie beim Médico, beim Arzt.
Man kommt immer erst nach einer halben Ewigkeit
dran. In seinem Fall exakt 49 Minuten nach dem
vereinbarten Termin! Bürokratievorgänge sind fast
überall gleich.

„Der D.-Konzern hat unser Dorf bekannt gemacht!
Dazu kommt noch die Corona Krise.
Seitdem fühlt sich jeder Angestellte wie ein
Gelehrter," knurrt Ramon.

Eine große Tür öffnet sich. Die Laune von
Bürgermeister Eric E. scheint sehr durchwachsen
zu sein. Zumindest verrät es sein Gesichtsausdruck.
Missmutig beäugt der junge Konservative seine
Besucherin.

„Kommen Sie bitte herein, Senora van den Buur!"

„Was kann ich für sie tun?"

Karin stellt dem Bürgermeister Fragen zum D.-
Konzern. Die Fragen beziehen sich auf die
übertragenen Wasserrechte und die
Wasserstiftung.

Bürgermeister Eric E. hat diese Fragen erwartet.

„Also bitte", herrscht Bürgermeister Eric E. Karin
an!
„Natürlich hat die Wasserstiftung, an der die
Gemeinde zu einem Drittel beteiligt ist, eine
Satzung. Nur öffentlich zugänglich ist die Satzung
aus Datenschutzgründen nicht."

Karin fragt nach dem überdimensionierten
Straßennetz im Ort.

„Nein die Straßen und der geplante Zubringer seien
keineswegs überdimensioniert geraten.
Für seine 3500-Seelen-Gemeinde sei der neue
Zubringer ein Segen und wurde nicht nur für die D.-
Laster gebaut. Es soll die Repräsentation unseres
Wohlstands sein!"

„Haben sie noch weitere Fragen?"

„Ja, was bedeutet die anteilige Vergabe der
Wasserrechte!"

Für Bürgermeister E. ist der D.-Konzern ein Segen
für Dorf und Region.

„Das Wasser ist unser wirtschaftlicher Hauptmotor.
In vielerlei Hinsicht.
D. verkauft unser Wasser auf dem internationalen
Markt und bietet rund hundert Menschen in
unserer Gemeinde Arbeit. Es hat unser Dorf
bekannt gemacht.
Besonders als Marke!“

Der Bürgermeister holt sein Handy hervor und
öffnet Twitter.

„Deshalb habe ich auf Twitter geschrieben:
„Wir sind die Stadt des Wassers.“

Er zog bei diesem Satz seine Krawatte grade.

„Sie dürfen eins nie vergesse, Frau van den Buur!
Wir sind jetzt ein Kurbad. Es gibt bei uns fünf
Sanatorien. Alle mit einem exzellenten Ruf! Nur das
zählt. Der Konzern unterstützt unser Dorf!“

Der Bürgermeister schaut auf sein Handy.
„Haben sie noch weitere Frage an mich? Ich habe
gleich noch einen weiteren Termin!“

Karin steht auf und reicht dem Bürgermeister zur
Verabschiedung die Hand.

Karin startet einen weiteren Versuch, um Informationen zu Rechten und Besitztümern zu bekommen.

Nächster Versuch! Diesmal im Wassermuseum des Dorfes. Auch hier wird sie abgespeist.

Statt über einen möglichen Wasserraub, redet Museumsleiterin Mariola Larra viel lieber darüber, wie froh sie ist, wieder Gäste im Haus begrüßen zu dürfen, nach den ganzen Lockdowns.

Kurgäste und Reisegruppen, die von der Alhambra, dem Weltkulturerbe im benachbarten Granada, einen Abstecher hierher machen, zum „Tor der Alpujarra", wie sich Lanjarón gern nennt.

„Solche Gäste," strahlt Mariola, „die mag ich!

Einen „komischen Kauz" wie H. dagegen, den Deutschen, eher weniger.

„Er und die anderen sagen immer, die Mineralwasser-Unternehmen würden unser göttliches Wasser stehlen!"

Mariola Larra zeigt wütende Gesichtszüge.

„Fakt ist! Der D.-Konzern ist bei uns schon lange vertreten und hat Konzessionen und Verträge.

Alles ist legal. Das Unternehmen unterstützt unser Museum, unser Dorf, beim Aufbau der Infrastruktur, bei Sport- und Kultur-Veranstaltungen und vielem mehr! Ich weiß nicht, was dagegenspricht? Die Landwirtschaft ist ein größerer Verbraucher von Wasser. Für die riesigen Olivenplantagen, für die Mango Plantagen und für Baumwolle werden große Mengen von Wasser gebraucht!"
Alles Argumente einer Museumsleiterin, die ihr Parteibuch hegt und pflegt.

Karin hat erst einmal genug Informationen bei ihrer Recherche gesammelt.

Ungefähr eine Woche war sie jetzt im Gebiet der Sierra Nevada und Las Alpugarras unterwegs.

Alles deutet auf zukünftige Immobilien- und Energie Geschäfte hin.

Wurden die Gespräche auf der Veranstaltung in Trapiche bewusst in die Richtung Agrarwirtschaft gelenkt? Wollte man bei den Grundstückskäufen von Immobilien ablenken um einen günstigeren Laufpreis zu erzielen?

Es ergibt einen Sinn, wenn die ukrainischen Veranstalter auf diese Art und Weise an Informationen über das „flüssige Gold", sprich die

Wasserrechte, kommen. Doch welche kunstvolle
kriminelle Strategie wird hier verfolgt?

Karin denkt über ihre nächsten Ziele in der Axarquia
nach, um ihre Recherchen dort fortzusetzen.
Sie wird sich demnächst in ihrem näheren
Lebensumfeld bewegen.

Wie in den vergangenen Monaten zuvor trifft sie
sich nach ihrer Rückkehr zuerst mit ihrer Freundin
und Nachbarin Madelena auf der Dachterrasse
ihres gemeinsamen Wohnhauses.

Madelena hat ihre leckeren, kleinen Blätterteig
Küchlein gebacken.
Die kleinen Küchlein mit der geheimnisvollen Lasur,
deren Rezept sie nur vor ihrem Tod weitergeben
würde. So wie es ihre Mutter getan hat.

Natürlich gehört ein leckerer Kaffee dazu.
Aufgebrüht wurde der Kaffee mit frischem
Quellwasser aus den Bergen.
Ein Hochgenuss, der Karin immer wieder ein Teil
ihres Traumes vom Leben in einer ruhigen Welt
widerspiegelt.

Und genau diesem Traum wirkte Karin entgegen, in
dem sie sich wieder der Recherche verschrieben
hat.

Madelena fragt Karin, was sie auf ihrer Reise in den
Osten Andalusiens erlebt hat.
Karin erzählt bereitwillig von ihren Begegnungen
und Eindrücken.

Aufmerksam folgt Madelena den Worten Karins.

„Empfindest du es nicht als gefährlich mit diesen
Menschen zu sprechen und sie über ihr Leid zu
befragen?“

„Es ist schon etwas heikel mit diesen Menschen so
offen zu sprechen. Ich weiß nie im Voraus, ob sie
ehrlich mir gegenüber sind und mir ihre
tatsächlichen Gefühle zu schildern!“

Karin erzählt Madelena einige Details über ihre
Gespräche und teilt ihr mit, dass sie in der nächsten
Woche im näheren Umkreis ihre Recherchen
fortsetzen wird.

„Sei bitte vorsichtig, Karin. Du weißt nicht welcher
Personenkreis seine Interessen in der Axarquia
betreibt!“

„Das ist mir schon bewusst! Aber wer sollte meinen
Fragestellungen schon tiefere Bedeutung
beimessen?“

„Das kann ich dir nicht genau sagen! Aber Toni, der
Barbesitzer hat beobachtet, dass in der letzten

Woche zwei komische Typen hier im Dorf
umherliefen und sich nach dir erkundigten.“

„Das habe ich mir schon fast gedacht!“

„Madalena, tu mir bitte den Gefallen und halte dich
in der Öffentlichkeit von mir fern! Es ist auch zu
deinem Schutz. Ich kann jedenfalls nicht
einschätzen, ob irgendwelche Gruppierungen
kurzentschlossene Reaktionen zeigen.“

Karin überlegt an den folgenden Tagen, wie sie ihre
Recherchen in der Axerquia fortsetzen kann.

Plötzlich kommen ihr Zweifel, so kurz nach ihrem
Auftritt in der Alpujarra, quasi nebenan,
weiterzumachen.

Sie disponiert, nach einer schlechten Nacht um.

Karin hat von Rosalie erfahren, dass der junge,
aufstrebende Politiker Luiz, mit dem sie noch vor 4
Tagen persönlich gesprochen hatte, tödlich
verunglückt ist.
Er ist auf mysteriöse Weise vorgestern bei einem
Verkehrsunfall, an dem nur er mit seinem neuen
Auto beteiligt war, ums Leben gekommen.

Die Behörden haben die Unfallstelle in der Nähe
einer Grundwasser Pumpanlage bei Lajaron
weiträumig abgesperrt.

In einer kurzen Mitteilung an die Angehörigen wird mitgeteilt, dass Luiz die Kontrolle über sein Auto verloren hat und mehrere hundert Meter in eine Schlucht gestürzt war. Dabei habe sein Auto Feuer gefangen und er sei anschließend bis zur Unkenntlichkeit verbrannt.
Seine körperlichen Überreste seien daher direkt im Krematorium von Durjal verbrannt worden.

Die Urne mit der Asche von Luiz, wurde von den Behörden an seine Eltern übergeben.
Das nennt man saubere Arbeit, ohne Spuren zu hinterlassen.

Rosalie, mit der Karin daraufhin eine Stunde telefoniert hatte, war vollkommen aufgelöst und konnte es nicht fassen.
War sie vor einigen Tagen ihrem Tod von der Schippe gesprungen, als der LKW auf sie zugesteuert war?

Karin beruhigt Rosalie und fühlt mit ihr.

Sie verabreden, weiter in Kontakt zu bleiben.

Karin sagt ihr nur: „Es ist momentan besser, wenn man uns beide nicht zusammen sieht!"

Karin bittet Rosalie darum, sich momentan mit ihren Aktivitäten gegen die beiden Großkonzerne, zurückzuhalten.

Am nächsten Tag fährt Karin mit ihrem PKW nach Malaga und stellt ihn am Flughafen ab. Mit dem Linienbus fährt sie zu einer großen Autovermietung und lieh sich einen Wagen für die Reise an die Costa de la Luz aus.

Sie beherzigt den Spruch:

WENN DU IN DIE SPUREN EINES ANDEREN TRETEST, DANN HINTERLÄSST DU KEINE SPUREN!

Das große Thema rund um die Ortschaften Cadiz, Huelva, Jerez de la Frontera und Barbate ist der Wassermangel durch die Aktivitäten der Landwirtschaft.

„Das Leben, es könnte so schön sein!" Karin blickt dabei auf das riesige Delta.

Gemächlich schlängelt sich der Rio Guadalete durch die Marschlandschaft am Rande von Jerez de la Frontera. Die Stadt des Sherrys ist rund 300 Kilometer westlich von Lanjarón.

Das Schilf rauscht im Wind.
Am Horizont ziehen Kraniche in der Abendsonne vorbei. Eine romantische Idylle zu dieser Tageszeit.

Doch es täuscht.

Wassermangel, auch hier in der Provinz Cadiz.
Allerdings aus anderen Gründen als in der
Alpujarra. Notstand lockt immer kriminelle
Aktivitäten an.

Karin trifft sich in der Stadt mit Antonio.

Antonio kennt das schon, dass Besucher vom Rio
Guadalete Delta verzaubert sind.

Der Wasserexperte geht mit Karin zum Flussufer. Er
zeigt auf das gegenüberliegende Ufer.

„Fällt dir da was auf, Karin?"

„Das Ufer ist schnurgerade und ein niedriger
Pegelstand des Flusses zeichnet sich ab," antwortet
Karin.

„Das hat seine Gründe," führte Antonio aus.

„70 Prozent des Wasserverbrauchs in Andalusien
entfallen auf die Bewässerung für die
Landwirtschaft.
Den Rest teilen sich Privathaushalte, Industrie und
die staatliche Infrastruktur. Die Landwirtschaft hat
den größten Wasserbedarf", sagt er.

Antonio weist Karin darauf hin, dass jeglicher Ärger zu dem Thema Wassermangel vor der Landtagswahl im Herbst vermieden werden soll. Das ist eine Anweisung der Parteibosse. Im Ergebnis bedeutet es ein indirektes Redeverbot.

Baumwolle, Mais, und Obst werden hier in Jerez de la Frontera auf insgesamt 15.000 Hektar angebaut. Die Landwirtschaft spielt in der 210.000-Einwohner-Stadt eine große Rolle und macht Antonio das Leben nicht leicht.

Wasser ist für den Sprecher des Netzwerks für eine neue Wasserkultur, nicht nur ein Konsumgut, sondern ein zu schützendes Lebenselixier.

„Theoretisch!

Die Agrarwirtschaft übt enormen Druck aus. Sie gibt wie in allen andalusischen Provinzen den Ton an. Das sowohl in der Umweltpolitik als auch bei der Frage, wer wieviel Wasser bekommt.

Das lässt sich hier in der Flusssenke gut beobachten.
Der Guadelete führt viel zu wenig Wasser seit Jahren,“ erzählt Antonio.

„Normalerweise müssen alle Beteiligten darauf reagieren, vor allem die Landwirtschaft, die ihren Wasserverbrauch drosseln muss.

Doch alle halten die Luft an. Und warum?
Weil im Oktober Landtagswahlen in Andalusien sind
und es sich keine der großen Parteien mit der
Agrarwirtschaft verscherzen will.“

Der künstliche Klimawandel trifft Andalusien hart.

Aber er ist nicht ungewöhnlich!
Studiert man die Geschichtsbücher, dann sind Dürre
und Nässe, alle sieben Jahre abwechselnd, schon
immer aufgetreten.

Antonio schlendert den Uferweg entlang zurück
zum Parkplatz. Nach einigen Metern bleibt er
stehen.
Die Ruine am Wegesrand will er Karin unbedingt
noch zeigen.
Sie entpuppt sich bei näherem Hinsehen als eine
Wassermühle aus römischen Zeiten.
Erst vor kurzem haben Archäologen sie entdeckt.
Die Römer waren zwar keine ökologischen
Musterknaben, doch nachhaltiger als die Menschen
heutzutage waren sie auf jeden Fall.

Von wegen Klimakatastrophe!

Das muss man dem Wasserexperten nicht zwei Mal
sagen.

Er kennt die Fakten:

1. Dass im letzten Herbst an der andalusischen Costa del Sol rund 6000 Hektar Wald verbrannt sind, eine Fläche so groß wie 8000 Fußballfelder.
2. Dass es diesen Winter auf dem spanischen Festland nur durchschnittlich 89 Liter pro Quadratmeter geregnet hat – 55 Prozent weniger als normal.

Und, dass die Aussichten für Andalusien alles andere als berauschend sind.

„Das Szenario für die kommenden zehn Jahre? Es ist abzusehen, dass der Bedarf der Landwirtschaft nach Wasser größer sein wird als das Angebot. Das ist jetzt schon der Fall," sagt Antonio.

„Wir haben ausgerechnet, dass aufgrund des künstlichen Klimawandels, Mitte des Jahrhunderts in Andalusien 20 Prozent weniger Wasser zur Verfügung stehen wird, wenn wir die Wassergewinnung auf Stauseen reduzieren.

Die große Lösung kann nur lauten:

Weniger Wasser für die Landwirtschaft.
Es gibt keine alternative Lösung zurzeit.

Weniger Wasser bedeutet geringere Erträge. Doch wer reich ist, der möchte reich bleiben. Also sucht

man nach Alternativen, außerhalb der
Agrarwirtschaft, Geld zu verdienen."

Antonio wirkt plötzlich gehemmt und will nicht
mehr weitersprechen. Zumindest nicht über dieses
heikle Thema.

„Antonio, was glaubst du? Was wird sich deiner
Meinung nach hier verändern?"

„Ganz klar und deutlich?"

Antonio schaute sich vorsichtig um:

„Die Flächennutzung in diesem Gebiet von
Andalusien wird sich verändern."

„Woran machst du deine Aussage fest?"

„Die Erklärung ist ziemlich einfach. Überall dort, wo
sich Menschen an Ideologien länger festhalten als
von Politikern geplant, wird mit unlauteren Mitteln
gekämpft!"

Antonio schaute auch nach diesen Sätzen immer
wieder um sich herum.

„Karin, ich nenne dir Beispiele, die speziell
Andalusien betreffen!

Andalusien ist schon seit Jahrhunderten, bis auf wenige Ausnahmen eine der ärmsten Regionen Spaniens.
Viele Religionen sind seit jeher in diesem Land ansässig.
Es gibt die schlauen und belesenen Religionen und es gibt die unterdrückenden Religionen.

Noch heute bestimmt der tiefe Christliche Glaube der Andalusier ihr Leben.
Dadurch ist der Zusammenhalt in den Familien sehr groß und das kleine Volk stützt sich gegenseitig.

Vor allem schützt es sich gegen Einflüsse von außen. Egal, wer an der Macht ist, das Volk steht zusammen."

„Du willst mir damit sagen, dass ein Keil zwischen die Menschen getrieben werden soll?"

„Ja!"

„Aber warum?"

„Ich bin noch lange nicht fertig mit meinen Ausführungen, die in dir ein gewisses Verständnis auslösen sollen!"

„Verständnis? Ich habe schon einiges über das andalusische Volk gelernt, seitdem ich 2017 hierhergekommen bin!"

„Langsam, langsam, liebe Karin.
Es ist schon ein Unterschied, ob du in den
abgeschiedenen Bergdörfern Andalusiens lebst,
oder hier im reichen Delta der Hauptflüsse
Andalusiens.

In einer Zeit, wo jeder nach erneuerbaren Energien
und Elektroantrieb schreit.
Da müssen zwangsläufig Veränderungen her, die
mit der bestehenden Agrarwirtschaft kollidieren.
Gleichzeitig soll im Zuge der Energiewende der
Tourismus weiter gefördert werden.“

Antonio hielt plötzlich inne und machte drei
Kreuzzeichen vor seiner Brust!

„Erst vor 14 Tagen ist einer der größten Landwirte
der Region ums Leben gekommen.

Er hatte gegen die Pläne der EU und somit auch
gegen die Landespolitiker gekämpft.

Er sollte 50 % seiner Agrarflächen einem
Konsortium aus europäischen Geschäftsleuten
verkaufen, die hier eine neue Bebauung und
Energieversorgung mittels Photovoltaik Anlagen
errichten möchten.“

„Antonio, du hast gerade eben drei Kreuzzeichen
vor dir gemacht und mir dann diese Einzelheiten

präsentiert. Bist du der Meinung, dass am Tod des Landwirtes etwas nicht stimmt?"

„Karin, bitte verstehe mich, dass ich dir keine persönliche Antwort darauf geben möchte!

Nur so viel:

Ein Mann in den besten Jahren wird auf eine mehr- oder weniger private Veranstaltung eines Politikers der Landesregierung eingeladen und verstirbt dann angeblich an Herzstillstand in den Armen einer Prostituierten!
Diese Damen hatte der Landespolitiker extra zu später Stunde kommen lassen.
Ein komischer Zufall, oder?"

Antonio räuspert sich und steckt sich mit zittrigen Händen eine Zigarette an.

„Der Landwirt hat sich gut eine Woche vorher noch mit dem Landespolitiker öffentlich in einer Talk Runde gestritten hat. Er hat ihn praktisch bloßgestellt mit der Aussage käuflich zu sein!

Sich mit einer Prostituierten zu Vergnügen, das hatte der Landwirt nicht nötig. Er hat eine bildhübsche Frau an seiner Seite und war auch sonst über jeden Zweifel erhaben."

Karin schüttelt mit dem Kopf. Sie überlegt.

Steht diese Tat im Zusammenhang mit dem Treffen in Trapiche?
Ein Toter in der Provinz Granada, ein Toter hier in der Provinz Cádiz. Und zudem alles Personen, die sich direkt gegen die Entscheidungen der Politiker gestellt haben!

Antonio geht auf Karin zu und umarm sie.
Karin hat das Gefühl, dass Antonio ein wenig zittern würde.

„Pass auf dich auf Karin und gehe mit den Informationen, die du einholst, sorgsam um.
Ich gebe dir noch ein paar Hinweise, wo du weitere Informationen bekommen kannst.

Reise in die Provinz Sevilla entlang des Guadalquivir.

Dort sind schon die ersten Erschließungen zu sehen.

Riesige Photovoltaik Anlagen und Elektrizitätseinrichtungen zur Verteilung der erzeugten Energie.

Der große Unterschied zu den Küstenregionen besteht darin, dass sich die Bauern, mit ihren einmaligen Einnahmen durch den Verkauf des Landes, dummerweise selbst enteignet haben.

Die Ländereien haben laut Notarvertrag schon den Besitzer gewechselt. Allerdings fließt das Geld in Raten. Von diesen Raten werden wohl in Zukunft einige Raten ausbleiben.
Eine Rückabwicklung wegen Vertragsverletzung ist kaum möglich, da die Bauern schon eine größere Menge der gezahlten Raten ausgegeben haben.

Keiner der Bauern hat genug Kapital, um gegen die Käufer der Ländereien juristisch vorzugehen.

Weiterhin spielen alle Beteiligten- ob Käufer, Notare oder die Justiz der Provinz- in diesem miesen Spiel mit.
Es ergibt alles einen negativen Sinn.

Neue Industrien können angesiedelt werden, die einen hohen Energieverbrauch haben und Arbeitsplätze schaffen. Die Gewinner sind am Ende die Investoren, die im Geflecht der wirtschaftlichen Aktivitäten die Profiteure sind.

Dieses Vorgehen erzeugt in der Bauernschaft Widerstand, da die Konzerne noch mehr Energieanlagen bauen wollen und somit noch mehr Land benötigen.
Die Konzerne wollen Strom und Wasserstoff mit Solarenergie ganzjährig erzeugen.
So käme es einer Monopolstellung gleich und macht andere wiederum erpressbar, die dringend Energien benötigen!

Der sich stark regende Widerstand soll nach meinen
Informationen bereits drei Opfer gefordert haben.

Die Bauern lassen sich nicht einschüchtern und
kämpfen weiter um ihr Land.
Denn eins steht fest. Für das gesamte Klima ist die
Wirkung der Platten einer Photovoltaik- Anlage
negativ.
Es erreichen 50% weniger Regentropfen die
sowieso schon trockenen Böden.
Nichts wächst direkt unter den Platten.
Über ihnen verändert sich, durch das großflächige
Reflektieren der natürlichen Sonneneinstrahlung,
die Atmosphäre!

Wenn du ganz genau überlegst, wird sich die Luft
noch mehr erwärmen und nicht mehr ausreichend
durch die nächtliche Bodenkälte abgekühlt
werden.“

„Antonio, ich bedanke mich für deine großartigen
Informationen. Ich bin sicher, dass ich einige
Informationen schneller einsetzen kann, als ich
vorher gedacht habe.“

Karin macht sich auf in die Region östlich von
Sevilla.

Der Ort ihrer weiteren Gespräche soll Lora del Rio sein.

Antonio hatte ihr die Möglichkeiten der Unterkunft auf einen Zettel geschrieben. Diesen Zettel steckt Karin ins Seitenfach ihrer Handtasche.

Sie fährt am nächsten Tag gemütlich über die N4 Richtung Sevilla, um dort in Richtung Lora del Rio abzubiegen.

Kurz bevor sie den Ort Lora del Rio erreicht, greift sie während der Fahrt in das Seitenfach ihrer Handtasche, um Antonios Zettel herauszuholen.

Der Zettel ist nicht mehr da!

An der nächsten Tankstelle hält sie.

Sie ist sich sicher, dass sie den Zettel mit den notierten Informationen in die Handtasche gesteckt hat. Doch er ist nicht aufzufinden.

Karin überlegt welche Jacke sie während des Treffens mit Antonio getragen hat. Sie durchsucht ihre Jacke, wird aber nicht fündig.

Wo konnte der Zettel nur sein?

Es war ihr sehr wichtig, die von Antonio notierte Adresse, aufzusuchen.

Sie entschließt sich, Antonio noch einmal
anzurufen.

Mit dem Ergebnis:

„Der Teilnehmer ist vorübergehend nicht zu
erreichen!"
Komisch denkt sie. Es ist merkwürdig, dass Antonio
nicht zu erreichen ist.

Kurz und gut. Sie muss sich eine andere Unterkunft
suchen für ihre Zeit in Lora del Rio.

Das ist allerdings gar nicht so einfach, da alle Hotels
und Pensionen von den Monteuren der
Energieanlagen angemietet sind.

Alle Versuche im Ort eine Bleibe zu finden, schlagen
fehl. Sie entscheidet daher, in einen kleinen
benachbarten Ort von Lora del Rio zu fahren und
dort ihr Glück zu versuchen.

In Setefilla, einem Nachbarort von Lora del Rio, hat
sie Glück und findet eine Unterkunft.

Sie hält an der einzigen Bar des Dorfes.

Sie geht in die Bar und fragt nach einer Unterkunft
für drei Nächte.

Die nette Barbesitzerin Nella bietet Karin die
Möglichkeit in einer kleinen Wohnung hinter der
Bar zu übernachten.

Es stellt sich heraus, dass die Bar ein Treffpunkt
einiger Bauern aus Lora del Rio ist. Sie konnten hier
unbeobachtet miteinander sprechen.

In Lora del Rio selbst, können die Bauern seit
geraumer Zeit nicht mehr sicher sein, die gewohnt
offenen und teils lauten Diskussionen
untereinander zu führen, ohne dass sie ungebetene
Zuhörer hatten. So erklärt es ihr die Barbesitzerin.

Karin verbringt eine ruhige Nacht in der nett
eingerichteten Wohnung. Sie kann nach langer Zeit
mal wieder richtig ausschlafen.

Geweckt wird sie durch das laute Geräusch der
Kaffeemaschine in der Bar.
Besonders gut zu hören, das kräftige Ausschlagen
des Kaffeepulverträgers der großen
Espressomaschine.

Nach einer guten Stunde ist Karin so weit, sich in
der Bar ein kleines Frühstück zu gönnen.
Die Theke in der Bar und ein paar kleine Tische sind
gut belegt.

Allerdings ist der Dialekt der spanischen Sprache in dieser Gegend weit vom Spanisch entfernt, sodass Karin kaum ein Wort versteht.

Karin spricht mit der Barbesitzerin Nella und schildert vage ihre Beweggründe, warum sie in den Ort gekommen war.

Sanella (Rufname „Nella"), so heißt die Barbesitzerin, hört sich alles in Ruhe an. Nach wenigen Minuten geht sie zu einem der gut besetzten Tische und spricht mit den dort Kaffee trinkenden Männern.

Einer von ihnen steht auf und geht zu Karin.

„Hola Karin, mein Name ist Jaime Perez. Nella hat gerade mit uns gesprochen. Darf ich sie zu uns an den Tisch bitten?"

„Ja gerne, das ist sehr freundlich von Ihnen!"

In Spanien ist es eine Ehre, wenn eine fremde Frau an einen Männerstammtisch gebeten wird. Zumal Karin keine Spanierin war.

„Karin! Nella erzählte uns gerade, dass Sie sich mit der momentan aktuellen Wirtschafts- und Energie Lage in unserem Land beschäftigen.

Was genau sind Ihre Beweggründe und Ziele?

Sicher ist es kein Zufall, dass sie hier im kleinen und beschaulichen Setefilla angekommen sind?"

„Ich darf ihre dreiteilige Frage sofort an einer Komponente verneinen", sagte Karin etwas spitz und gleichzeitig freundlich lächelnd.

„Ich bin zufällig in Setefilla, aber in bin nicht zufällig in dieser Gegend!"

Jaime Perez und die anderen Bauern schauten fragend.

„Vielmehr hat der Zufall eine Rolle gespielt.
Ich habe von einem Bekannten an der Costa le la Luz die Adresse einer Übernachtungsmöglichkeit in Lora del Rio bekommen.
Leider habe ich den Zettel mit der Adresse verlegt.
So bin ich in ihrem kleinen beschaulichen Dorf gelandet."

„Nun, jetzt sind sie hier! Was ist der Grund ihres Besuches?"

„Die Frage ist nicht schnell und eindeutig zu beantworten!
Ich bin mit einer, mehr- oder weniger privaten, Recherche über Landkäufe in Andalusien und deren Nutzung beschäftigt.

Ich habe bereits das Gebiet in und um die Sierra
Nevada besucht und dort meine Recherchen
durchgeführt.
Der nächste Weg führte mich an die Costa de la Luz.
Dort wurde mir berichtet, dass ähnlich wie in der
Provinz Granada die Landkäufe enorm
zugenommen haben."

„Da haben sie vollkommen recht. Es ist hier
genauso, wenn nicht noch intensiver.

Andalusien ist nach wie vor die ärmste Gegend
Spaniens.
Außer Tourismus und einer speziellen
Landwirtschaft, bestehen hier sehr wenige
Möglichkeiten Geld zu verdienen.
Nur damit können die Familien und Menschen
überhaupt am Leben gehalten werden."

„Das kann ich mir sehr gut vorstellen!
Was passiert hier zurzeit?
Mit welchen Problemen müssen sie und ihre
Mitstreiter sich auseinandersetzen?"

„Im Grunde genommen ist alles zuerst mit dem
Oberbegriff „Betrug" zu umschreiben. Das ist das,
was uns alle derzeit am meisten beschäftigt.

Vor zirka 2 Jahren sind Geschäftsleute aus
verschiedenen europäischen Ländern nach Lora del

Rio gekommen und suchten den Kontakt zu Bauern, die größere Mengen an Land besaßen.

Die Geschäftsleute erklärten ihnen, dass sie ihr Land erwerben möchten, um hier große Photovoltaikanlagen in Zukunft aufzustellen.

Mit dem, durch die Photovoltaikanlagen erzeugten Strom sollte die Region in eine blühende Landschaft verwandelt werden.

Sie sprachen von Zuwanderungen anderer Industriezweige und der damit wachsenden Infrastruktur für alle Menschen und die Menschen, die mit den Industrieunternehmen hierherkommen würden.

Die Nähe zum Fluss Gualdalquivir und seiner Anbindung an die Atlantikküste war in ihrer Argumentation ein weiterer Pluspunkt für eine gute Lage zur Neuansiedlung von Unternehmen aus der Elektro- und Autoindustrie.

Hinzu kam, dass die hiesigen Bauern schon lange hart gearbeitet haben und keinen Fortschritt sahen.
Ihre Nachkommen suchten ein Leben in anderen Regionen Spaniens oder im Ausland.
Somit sind kaum Nachfolgergenerationen vorhanden, die die Betriebe weiterführen können."

„Das habe ich alles sehr gut verstanden!
Doch wie ist jetzt der Begriff „Betrug" zum
Vorschein gekommen?"

„Es lässt sich relativ einfach erklären!

Die Bauern, die ein Interesse daran hatten, ihr Land
zu verkaufen, erhielten ein preislich großartiges
Angebot.

Sie sollten fünfundzwanzig Prozent mehr Geld je
Hektar Land bekommen, als sie dafür bei einem
normalen Verkauf oder einem Verkauf an die Bank
bekommen würden.

Zusätzlich brauchen sie ein Leben lang keine
Stromkosten zu zahlen. Der Strom, der durch die
Photovoltaikanlagen erzeugt würde, sollte für sie
kostenlos sein.

Die Notarverträge dazu wurden so gestaltet, dass
die Inhalte kaufmännisch einen Sinn ergaben."

„Was genau steht in den Verträgen?"

„Der Bauern verkauft einhundert Prozent seines
Landes an den Energiekonzern. Als Anzahlung auf
den gesamten Kaufpreis erhält der Verkäufer,
direkt nach Vertragsabschluss und Eintragung ins
Grundbuch, fünfzig Prozent des Kaufpreises
ausgezahlt."

Karin verdreht ihre Augen und zieht die
Augenbrauen hoch.

„Die restlichen fünfzig Prozent," fährt Jaime fort,
„werden aufgeteilt in jährlich fällige Zahlungen in
Höhe von zehn Prozent der Kaufsumme.

Mit diesem Trick sollten die sofort fällig werdenden
steuerlichen Zahlungen der Verkäufer verringert
werden."

„Clever diese Leute!" Karin schmunzelt an
unangebrachter Stelle.

Jaime fährt mit seinen Ausführungen fort.
„Die Grundbuch -Eintragung erfolgte sofort nach
der Unterzeichnung des Notarvertrages durch beide
Parteien.
Zu diesem Vorgang war zur Unterzeichnung der
Verträge ein Notar und ein Urkundenbeamter des
Liegenschaftsgerichtes zugegen! So wurde der
Vertrag rechtsgültig und durch die sofortige
Eintragung in Grundbuch der Besitzerwechsel der
Grundstücke amtlich!"

Jaime nahm einen großen Schluck aus seinem
Bierglas, während die anderen Bauern aufmerksam
zuhören.

„Was jedoch niemand der Verkäufer beachtet hat,

es gibt kein Anfangsdatum der restlichen
Zahlungen, die im Notarvertrag mit jeweils zehn
Prozent eingetragen waren.

Es stand lediglich der Hinweis im Text, dass die
restlichen Zahlungen in Höhe von zehn Prozent
geleistet werden."

„Puh, das ist sicher hart für jeden Einzelnen!"

Jaime berichtet weiter:

„So vergingen zuerst einmal zwölf Monate ohne
jeden Zweifel an den Verträgen.

Die Verkäufer hatten ihr Geld sinnvoll in neue
Immobilien angelegt und den Großteil ihrer ersten
Einmalzahlung schon wieder reinvestiert.

Manch ein Bauer hat sich zusätzlich verschuldet, in
dem er die nächsten zehn Prozent schon mit
investiert hat und seine Bank ihm diese Summe
vorfinanziert hat.
Selbst den Mitarbeitern der Bank ist diese
Unregelmäßigkeit im Notarvertrag nicht
aufgefallen!"

Jaime schüttelt immer wieder mit dem Kopf.

„Jetzt warten viele auf ihre ausstehenden
Zahlungen.

Vom Konzern ist niemand mehr zu erreichen, weil dieser bereits an eine andere Gesellschaft veräußert worden ist.
Alle gehen davon aus, dass sie in den nächsten Jahren nichts von ihrem Geld sehen!"

„Und was haben sie bis jetzt dagegen unternommen?"

„Wir konnten bisher wenig unternehmen!

Die ehemaligen Ländereien wurden komplett eingezäunt und dürfen nicht betreten werden.
Proteste unsererseits werden mit kleinen Gewalttaten im Keim erstickt.
Die Regierung Andalusiens fühlt sich ebenfalls nicht zuständig, da es sich um private Landverkäufe handelt.

Nun müssen wir schauen, wie wir Personen aus der alten Konzerngesellschaft ausfindig machen, um diese belangen zu können.

Einen Anwalt für unsere Angelegenheiten zu finden ist nicht einfach. Ebenso dürfte der Anwalt nicht preiswert sein, da sich der Streitwert in dreistelliger Millionenhöhe befindet. Wie sollen wir die Prozesskosten in dieser Höhe entrichten, die im Voraus bezahlt werden müssen?"

Jaime wurde plötzlich blass im Gesicht!

Mit belegter Stimme fährt er fort:

„Leider haben wir in diesem Zusammenhang zwei
Todesfälle zu beklagen.
Es handelt sich um zwei betrogene Bauern, die
versucht hatten, selbst etwas gegen diesen Konzern
zu unternehmen.
Beide sind in kurzen Abständen auf dem Gelände
der neu gebauten Umspannanlagen tot
aufgefunden worden."

Karin verzieht keine Miene. Sie will aufgrund dieser
Situation so neutral wie möglich bleiben.

„Bei beiden wurde der Tod durch Stromschlag
festgestellt," fuhr Jaime fort.
„Die Polizei hat die Fälle bereits ad-acta gelegt. Sie
sind für sie eindeutig und somit geklärt. Nur wir
Bauern glauben nicht an einen solchen Tod der
beiden Bauern."

Karin nimmt Jaime in den Arm. Sie tröstet ihn,
indem sie ihm über den Rücken streichelt.

Kurz darauf setze Jaime mit belegter Stimme seine
Ausführungen fort:

„Es ist ein großes Durcheinander hier im Gebiet um
Lora del Rio.

Können sie uns vielleicht ein paar Tipps geben, wie wir sinnvoll weitermachen können?
Wir Männer sind alle mit den Nerven am Ende."

Jaime vergräbt seinen Kopf in beiden Händen, holt tief Luft und setzt noch ein weiteres Mal fort.

„Es ist bei einigen Bauern nicht nur der finanzielle Verlust zu beklagen.
Einige Frauen haben ihre Position aufgrund des Betruges zu ihren Männern verändert.
Das hat dazu geführt, dass nun auch noch Streit in den Familien herrscht! Viele haben sogar ihre Position als Familienoberhaupt verloren, weil sie in den Augen der Ehefrauen falsch entschieden hatten."

Karin atmet tief durch und nimmt allen Mut zusammen. Sie stellt sich vor die Männer und ballt die Fäuste!

„Ich werde euch und euren Familien versuchen zu helfen. Doch dazu ist eine Menge Kraft und Zeit notwendig.
Der erste Schritt ist ein gemeinsames Treffen mit euren Frauen und wichtigen Familienmitgliedern.
Damit diese Treffen in der näheren Region nicht auffallen, werde ich dir, Jaime, in den nächsten Tagen einen Treffpunkt und eine Uhrzeit mitteilen."

Zu Jaime gewandt sagt Karin: „Ich werde noch zwei
Tage hier sein. Kannst du mich begleiten, wenn ich
mir die gesamte Gegend einmal anschaue?"

„Ja gerne, Karin", antwortet Jaime.

„Vale, dann gib mir bitte deine Handynummer und
wir verständigen uns heute Abend, wo und wann
wir uns morgen treffen!"

Jaime holt sein Handy aus der Tasche und schaut
nach seiner Rufnummer. Er liest sie Karin vor,
sodass sie die Ziffernfolge in ihr Handy eintragen
kann.

„Ich melde mich heute Abend noch bei dir. Jetzt
muss ich erst einmal nach Lora del Rio, um ein paar
Dinge einzukaufen."

Karin geht zurück an die Theke. Dort ist Nella mit
dem Abtrocknen der Kaffeegläser beschäftigt.
„Du Nella, kannst du mir sagen, wo ich am besten
noch ein paar Kleinigkeiten für mein Abendessen
einkaufen kann?"

„Das brauchst du nicht, Karin!
Du kannst bei mir essen.
Ich habe frische Paella gemacht.
Die kochen wir uns nachher in der Pfanne schön auf
und machen es uns gemütlich, nachdem ich die Bar
geschlossen habe!"

„Gerne Nella!
Auf eine frische Paella freue ich mich sehr!
Ich gehe jetzt in die Wohnung und schreibe erst
einmal auf, was ich alles in den letzten zwei
Stunden erzählt bekommen habe.“

Karin überlegt:

Ergibt alles einen Sinn, was ich gerade erlebe?

Vor vierundzwanzig Stunden suchte ich noch eine
Unterkunft und jetzt bin ich bereits mittendrin in
einer schicksalshaften Welt im Norden
Andalusiens?

Und wieder entsteht Platz für eine Weisheit:

„NICHTS GESCHIEHT OHNE GRUND!“

Karin wird bewusst, dass sie ihre Recherche von der
Oberfläche fortbewegen muss und tiefer in die
Abgründe greifen muss.

Mit diesen Gedanken kehrt sie zurück in ihre
Ferienwohnung.

Sie schaut sich ihre neuen Fotos an, die sie an der
Costa de la Luz zusammen mit Antonio gemacht
hat.

Auf einem Foto fällt ihr ein Mann auf, den sie
bereits in Trapiche auf der Veranstaltung gesehen
hat.

Es sieht so aus, als beobachtet er sie aus einem
Cafe heraus.

Je mehr sie das Foto durch den möglichen Zoom
vergrößert, desto mehr erkennt sie einen der
Sicherheitskräfte, der auf der Veranstaltung in
Trapiche war.

Gibt es einen Zusammenhang zwischen allen Orten,
an denen sie war?

Karin hat plötzlich das Gefühl Antonio noch einmal
anrufen zu müssen.
Sie wählt seine Handynummer.
Leider kommt wieder die Ansage, dass der
Teilnehmer vorübergehend nicht zu erreichen sei.

Merkwürdig war es schon.

Karin schüttelt ungläubig ihren Kopf.

Sie hat so viele Gedanken im Kopf, dass es ihr
einfach zu viel ist, sich auch noch um Antonio zu
kümmern.

Schnell wird es Abend und Nella ruft Karin zum
gemeinsamen Paellaessen. Nella hatte die Paella
mit Meeresfrüchten gekocht.
Allein der unvergleichliche Duft einer Paella
verzauber Karin und lässt ihre Gedankenwelt
lockerer werden.

„Erzähl mal Karin! Wie war die Unterhaltung mit
Jaime und den anderen Bauern?"

„Es ist einerseits interessant gewesen, mit den
Bauern über ihre Probleme zu besprechen,
andererseits ist es eine Belastung für mich."

„Belastung? Was ist daran Belastung, diesen
ehemaligen Bauern zuzuhören, wie sie ihr Geld
verloren haben?"

„Vielleicht ist das Wort Belastung die falsche
Vokabel, die ich in diesem Zusammenhang gewählt
habe. Es bedrückt mich eben, wenn Menschen
solch ein betrügerisches Schicksal erlitten haben!"

„Ja, da kann ich dir nur beipflichten.
Seitdem allen Bauern das gleiche Schicksal
widerfahren ist, hat sich die Stimmung
untereinander drastisch nach unten verlagert.

Du weißt, dass die Frau von Jaime seit zwei Wochen
aus der gemeinsamen Finca ausgezogen ist?

Ich will dir diesen Hinweis geben im Hinblick auf deine geplante Tour mit ihm. Nicht das er dir zu nahe tritt. Er kann sehr charmant sein."

„Ach je! Das hätte ich jetzt nicht gedacht, dass gerade er von seiner Frau verlassen wurde."

„Weißt du, Jaime und ich waren ein Paar, bevor seine Frau aus Cordoba hierherkam.
Er hat sich sehr schnell für sie entschieden und genauso schnell hat er sie geheiratet.

Das war keine schöne Zeit für mich.

Die beiden wohnten in Lora del Rio, während ich hier in Setefilla geblieben bin und die Bar meiner Familie weitergeführt habe.

Jaime hat sogar ihren Nachnamen angenommen. Der Einfluss von ihr auf Jaime ist sehr groß. Sie sieht gut aus! Sie hat viel Geld! Sie hat durch ihre berufliche Position viele Beziehungen in Politik und Wirtschaft. Ich glaube, dass diese Dinge Jaime mehr imponiert haben als die Frau selbst!"

„Das ist keine schöne Entwicklung für dich gewesen!
Was glaubts du? Was könnte er mir zeigen?"

„Mit Sicherheit kann er dir die ehemaligen Ländereien von sich und von den anderen Bauern, die ihr Land verkauft haben, zeigen!“

„Ich bin gespannt darauf,“ sagt Karin mit einer eisern klingenden Stimme.

Sie trinken gemeinsam noch ein Glas Tinto del Verano.

„Ich bin jetzt müde Nella und würde mich gerne hinlegen. Es war ein anstrengender Tag mit vielen Informationen. Ist es für in Ordnung?“

„Mach das Karin! Ich wecke dich morgen früh, sobald das Frühstück fertig ist.“

Karin geht in die kleine Wohnung und schmeißt sich auf ihr Bett.

Sie breitet ihre Arme und Beine aus und starrt gegen die Zimmerdecke, an der eine alte Lampe mit einem völlig vergilbten Lampenschirm hängt. Nostalgie pur, oder andalusische Schönheit?

Wenige Augenblicke später summt ihr Handy.

Eine WhatsApp Nachricht von Jaime!

„Liebe Karin, ich muss unsere gemeinsame Tour für
morgen absagen.
Die Tour verschieben wir auf einen späteren
Zeitpunkt!
Ich habe einen dringenden Termin für morgen
hereinbekommen. Er ist sehr wichtig für mich! Ich
kann diesen Termin keinesfalls absagen!“

Nachdem was Nella ihr vorhin erzählt hatte, wäre
es ihr sowieso unangenehm gewesen mit Jaime
allein zu reisen.

Karin schreibt Jaime zurück:
„Lieber Jaime, das ist für mich vollkommen in
Ordnung. Wir holen die Fahrt demnächst nach!“

Am nächsten Morgen klopft es an der
Wohnungstür.
Es ist Nella, die gekommen ist, um Karin zum
Frühstück zu bitten.

Um nicht wieder auf das aktuelle Thema
einzugehen, sprechen beide über neue
Modetrends, wie Leo Look und die neue
transparentere Bademode für die nächste Saison.

Schon lustig, dass sich zwei Frauen
unterschiedlicher Nationalitäten und Herkunft, so
einig sind in diesem Themenbereich.
Sie lachen beide herzhaft und genießen das
Zusammensein.

Nach dem gemeinsamen Frühstück verabschiedet Karin sich von Nella und fährt einen Tag früher als geplant zurück zu ihrem Wohnort Salares.

In Canillas del Aceite, zwei Orte vor ihrem Wohnort Salares, macht Karin einen kleinen Stopp am Einkaufsmarkt und versorgt sich mit den nötigsten Lebensmitteln für die nächsten Tage.

Auf dem Parkplatz des Einkaufmarktes ist ihr ein schwarzer Geländewagen mit verdunkelten Seiten- und Heckfenstern, sowie mit ukrainischem Kennzeichen, aufgefallen.

Als Karin den Parkplatz in Richtung Dorfstraße verlässt, folgt ihr der schwarze Geländewagen.

Sie fühlt sich plötzlich ängstlich und informiert per Sprachnachricht ihre Freundin Madalena.

„Hola Madalena! Wenn ich in 40 Minuten nicht in Salares angekommen sein sollte, informiere bitte die Polizei und lass nach mir suchen. Ich fahre auf der M-4108 von Canillas del Aceite nach Salares und werde verfolgt!"

In einer der unzähligen Kurven kommt ihr der schwarze Geländewagen immer näher.
Die steilen Wände und Abhänge lassen keine Möglichkeiten zu, die Straße zu verlassen.

In Höhe der Ortschaft Sedella wird Karin von dem
Wagen überholt.
Er stellt sich wenige hundert Meter weiter, in einer
engen Kurve so hin, dass Karin nicht an ihm
vorbeifahren kann.

Karin bremst so stark, dass sie vergisst die Kupplung
zu treten und bleibt mit abgewürgtem Motor
stehen.

Zwei dunkel gekleidete Männer kommen auf sie zu
und klopfen an ihr Fenster. Sie deuten Karin an,
dass sie bitte die Scheibe runterfahren möge.

Als Karin die Scheibe runterfährt, wird sie von
einem der beiden Männer angesprochen:
„Frau van den Buur, darf ich sie bitten
auszusteigen, um uns zu unserem Fahrzeug zu
begleiten!"

„Was soll das? Ich möchte das nicht!"

„Kommen Sie bitte mit uns zum Geländewagen.
Dort wartet ein Herr auf sie, der sich gerne mit
Ihnen unterhalten möchte."

Karin verdreht die Augen und steigt unter Protest
aus.
Sie wird von den beiden Männern zum
Geländewagen begleitet.

Die Türe hinten links, mit den stark getönten
Scheiben, öffnet sich und sie erkennt den Herrn,
der Veranstaltung in Trapiche organisiert und
geleitet hatte.

„Guten Tag Frau Van den Buur, kommen sie hinein
und nehmen sie bitte Platz."

Karin schaut fragend und folgt den Anweisungen.
Sie nimmt hinten links auf der Rückbank Platz.

„Frau van den Buur, ich vertrete einige bekannte
Investoren der Energie- und Agrarindustrie, die uns
beauftragt haben, mit ihnen ein Gespräch zu
führen."

„Aha, und um welche Investoren handelt es sich?"

„Ich denke, dass sie es mir nachsehen, dass ich
keine Namen nennen werde!"

„Das verstehe ich. Nennen sie mir bitte dann den
Grund, warum ich ein Gespräch mit ihnen führen
soll, wenn ich noch nicht einmal weiß, um wen und
was es sich handelt?"

„Liebe Frau van den Buur!
Unser Gespräch hat nur ein Ziel!
Wir möchten Sie bitten mit ihren Recherchen in
Andalusien aufzuhören.

Wohlwissend, dass ihre früheren Recherchen
immer wieder zu Kollisionen mit den Beteiligten
Familien und Personen führten, rate ich ihnen dazu.

Es sind immer die gleichen Muster in ihrer Tätigkeit
zu erkennen.
Sie deklarieren ihre Recherchen damit, etwas über
die Personen und deren Verbindungen in der
Geschichte herauszufinden.
Kurz darauf entwickeln sie einen kriminalistischen
Spürsinn.

Sie bringen mit dieser Art der Recherchen einige
der Personen in Bedrängnisse, die nicht gerne
gesehen sind."

„Sie sind also der Meinung, dass meine Recherchen
ihre Mandanten in kriminelle Ecken drücken
könnten?"

„Ich möchte es nicht so formulieren, wie sie es
gerade tun.
Wir bitten sie dringlichst, ihre aktuellen Recherchen
einzustellen.
Ihre Recherchen haben dazu geführt, dass plötzlich
die Oppositionsparteien der jetzigen Regierung
Andalusiens Nachforschungen anstellen.

Dieser Vorgang könnte dazu führen, dass sich einige
meiner Mandanten in die Ecke gedrängt fühlen.

Ich möchte ihnen daher das Angebot machen, dass
sie ab sofort unter unserem Schutz stehen und sich
gesund und munter frei in Andalusien bewegen
können!"

Karin zieht ihre Augenbrauen hoch.

„Verstehe ich sie richtig, dass ich mich ihnen
anschließen soll, um persönlichen Angriffen auf
meine Person aus dem Weg zu gehen?"

„Sagen wir es mal so!
Es wäre sehr vorteilhaft für ihr weiteres Leben.
Nicht nur hier in Spanien!"

Je mehr Druck auf Karin ausgeübt wird, desto
ruhiger wird sie. Sie lockert deshalb ihre
Sitzposition.

„Gehe ich richtig in der Annahme, dass sie gerade
mein Leben bedroht haben?"

„Ganz so extrem, wie sie es gerade ausdrücken,
möchte ich es nicht formulieren!
Im Moment bin ich ausschließlich der Vermittler
einer Botschaft, die sie zum Nachdenken anregen
soll! Mehr nicht!"

In der Zwischenzeit hat Madalena die Ortspolizei
informiert, um nach Karin suchen zu lassen. Sie

wollte die von Karin vorgeschlagenen 40 Minuten nicht abwarten.

Zwei Einsatzfahrzeuge der Polizei fahren in entgegengesetzter Richtung aufeinander zu. Das eine Fahrzeug aus Richtung Canillas del Aceite und das andere Fahrzeug aus Richtung Salares.

So kann sich kein Fahrzeug auf der M-4108 einer Polizeikontrolle entziehen.

Im schwarzen Geländewagen entsteht plötzlich eine nicht eingeplante Unruhe!
Die beiden schwarz gekleideten Männer teilen mit, dass sich Polizeifahrzeuge nähern.

„Frau van den Buur, sie haben doch wohl nicht die Policia Local wegen uns verständigt," entfährt es dem smarten Geschäftsmann.

„Ich habe mich lediglich vorsorglich geschützt. So oder ähnlich haben sie es mir gerade vorhin empfohlen. Nur das sie die Beschützer sein wollten und nicht die Polizei. Es hat offensichtlich gut funktioniert," sagt Karin mit lächelnder Stimme.

Die Polizeifahrzeuge fahren so dicht an den schwarzen Geländewagen heran, dass keine Möglichkeit besteht, an den Polizeifahrzeugen vorbeizukommen, um zu flüchten. Die Polizisten steigen aus.

Mit entsicherten Pistolen und die Hand an der
Waffe, bitten die sie alle Personen, aus dem Auto
zu steigen.

Die Polizisten deuten Karin, dass sie sich hinter sie
stellen soll.

Die drei ganz in schwarz gekleideten Herren werden
von den Polizisten aufgefordert, auszusteigen.
Sie sollen sich mit dem Gesicht zum Auto drehen,
die Hände auf das Autodach legen und die Beine
spreizen.

Vorsichtig tasten zwei Polizisten die Männer ab und
stellen zwei Handfeuerwaffen und zwei
Klappmesser sicher.
Der smarte Herr führte keine Waffen mit sich.

Ein weiterer Polizist stellt die Handys der Männer
sicher.
Den Fahrzeugschlüssel des dunklen Geländewagens
finden sie in der Start/Stopp Vorrichtung, in der
Mittelkonsole.
Vorsichtig legen die Polizisten den drei Männern
Handschellen an.

Daraufhin protestiert der smarte Herr gegen die
offensichtliche Festnahme.

Ohne viele Worte, so wie man es von der spanischen Polizei gewohnt ist, führen die Polizisten die drei Männer zu ihren Einsatzfahrzeugen und lassen sie im Heck Platz nehmen.

Karin wird gebeten, den Polizisten nach Malaga zu folgen, wo man die drei Herren der Guardi Civil und der Kriminalpolizei übergeben will.

Sie möge sich darauf vorbereiten, dass sie an Ort und Stelle ebenfalls vernommen wird als Opfer einer versuchten Entführung und einer durchgeführten Freiheitsberaubung.

Karin denkt sich, das kann ja ein langer Tag werden!

Nach einer Stunde erreichen sie den Hochsicherheitstrakt der Guardia Civil in Malaga.

Die drei Herren werden jeweils in eine Einzelzelle gebracht.
Karin wird direkt in einen der Verhörräume geführt.

Die Tür des Verhörraumes öffnet sich und zwei Herren der Kriminalpolizei betreten den Raum.

„Buenas, Senora van den Buur!

Mein Kollege, Alejandro Ramirez und ich, Frederico Gutierrez, werden sie jetzt zu den Einzelheiten ihrer Freiheitsberaubung auf der Landstraße M-4108 zwischen Canillas de Aceito und Sedella befragen.

Sind sie in der Lage eine Aussage zu tätigen?"

Karin nickt etwas unsicher.

„Schildern sie uns bitte den gesamten Verlauf, in dem sie bedroht wurden!"

Karin berichtet den Beamten von ihrer Begegnung mit den drei Männern.

„Welche Gründe könnte es ihrer Meinung nachgeben, die einen Freiheitsentzug ihrer Person nach sich ziehen?"

Karin berichtet in den nächsten 90 Minuten von ihrer Arbeit und den damit verbundenen Recherchen.

Nachdem Karin mit ihren Ausführungen fertig ist, schauen sich die beiden Kriminalbeamten erstaunt an.

„Hola, da kommen aber einige schwere Delikte in Bereichen der Kapitalverbrechen und der Wirtschaftskriminalität zusammen!

Ihren ersten Ausführungen nach zu urteilen, dürfte
der Kreis der Beteiligten aus ganz Europa stammen.
Ebenfalls dürften politische Interessen umgesetzt
worden sein.

Was ebenfalls bedeuten würde, dass wir sehr
sensibel mit unseren Nachforschungen sein
müssen!

Frau van den Buur! Wir möchten gerne mit ihnen
zusammenarbeiten!

Wir gehen davon aus, dass weitere Recherchen
durch sie nicht ganz ungefährlich sein könnten. Um
sie besser zu schützen, müssen wir sie informieren,
dass ihre geschilderte Tätigkeit nicht ungefährlich
ist. Wir müssen sie vor weiteren Begegnungen
schützen. Es sein denn, dass sie ihre Recherchen
einstellen wollen!"

„Nein, natürlich nicht. Jetzt wo ich bereits Zugang
zu Personen habe, die wichtige Informationen
weitergeben könnten."

„Genau deshalb erscheint uns eine gute
Zusammenarbeit sehr wichtig!
Zunächst möchten wir sie jedoch gerne an ihren
Wohnort bringen. Sind sie damit einverstanden?"

„Natürlich nehme ich ihre Begleitung an!"

Karin nimmt ihre Tasche und ihren Kurzmantel.

Sie dreht sich nochmal zu den Beamten um:
„Entschuldigen sie bitte. Ich versuche seit Tagen
meinen Bekannten Antonio aus Jerez de la Frontera
zu erreichen. Darf ich Ihnen seine Daten geben,
damit sie überprüfen können, wo er sein könnte?"

„Aber natürlich Frau van den Buur. Schreiben sie
uns die Daten auf diesen Zettel. Wir werden der
Sache nachgehen und sie zeitnah informieren!"

Zwei Beamte in Zivil fahren Karin bis zum
Ortseingang von Salares hinterher.

Karin parkt am Marktplatz und geht vom
Dorfparkplatz direkt hoch in Richtung ihrer
Wohnung.
Madalena hat Karin schon aus der Entfernung
ankommen sehen und läuft ihr entgegen.

„Gott sei Dank, dir geht es gut, Karin!"

Madalena umarmt Karin heftig, dass ihr fast die Luft
wegbleibt.
„Da bist du endlich! Ich habe mir große Sorgen um
dich gemacht! Schön, dass du hier bist."

„Ja, Madalena! Ich freue mich auch sehr und danke
dir für deine Hilfe!

Du hast die Polizei rechtzeitig informiert. So hat
alles ein gutes Ende gefunden.
Die drei Herren, die mir aufgelauert haben, sind
vorerst hinter Schloss und Riegel!"

Beide steigen Arm in Arm hoch zu Madalenas
Wohnung.

„Komm erst einmal herein, Karin.
Ich mache dir schnell einen Kaffee, bevor du in
deine Wohnung gehen kannst."

Karin nimmt sich Zeit, den frischen Kaffee zu
genießen.
Beide sprechen intensiv über die letzten Tage. Nur
Details gibt Karin nicht an Madalena weiter, um sie
nicht unnötig in Gefahr zu bringen.

Ungefähr eine Stunde ist vergangen, als Karin
aufsteht und sich in ihre Wohnung aufmacht.

Hier fühlt sie sich sicher vor etwaigen Verfolgern.

Sie verbringt die nächsten drei Tage fast komplett
in ihrer Wohnung.
Ab und zu geht sie zur Kirche oder zur kleinen Bar
von Toni.

Sie hat viele Details an ihrer Pinnwand hinzugefügt
und die Verbindungen der einzelnen Personen
miteinander analysiert.

Ihr fallen drei Dinge ganz besonders auf:

1) Die Verbindungen aller neuen Anlagen zur Energiegewinnung in Andalusien.
2) Die Rolle der Politiker in Andalusien und deren Verbindungen zu den Investoren.
3) Das Verhalten verschiedener Polizeidienststellen, in Bezug auf die Todesfälle, die mit der Energiewirtschaft verbunden waren.

Besonders der Verlust von Menschenleben in den verschiedenen Gebieten Andalusiens trifft Karin sehr.

Ebenso gibt es einige missglückte Anschläge auf Leib und Leben bei Gegnern der energiepolitischen Maßnahmen.

Zu diesen Anschlägen gibt es keinerlei Nachforschungen von Seiten der Polizei.
Das erscheint ihr sehr merkwürdig.

Natürlich ist sie selbst ebenfalls gefährdet.
Allerdings hat sie das Gefühl, als wäre ein direkter Angriff auf sie nicht gerne gesehen.

Schließlich hat sie die meisten Informationen zusammengetragen und ist mit vielen Beteiligten in Verbindung.

Umso interessanter ist der an sie herangetragene
Gedanke des verhafteten Herren, dass sie sich dem
Schutz der Investoren unterstellen solle.
Spätestens in diesem Moment würde es um ihr
weiteres Leben schlecht aussehen, wenn sie dieses
„Angebot" annimmt. Dann wäre sie für immer in
deren Fesseln.

Jetzt kann sie unter dem Schutz der Guardia Civil
und der Kriminalpolizei weiter recherchieren.
Obwohl, ein Garant für ihr Leben ist die
Zusammenarbeit nicht so wirklich.

Eine Woche später Woche meldet sich Kommissar
Gutierrez bei ihr.

„Buenas, Senora van den Buur, wir würden uns
gerne mit ihnen in Salares treffen, um Einzelheiten
zu besprechen."

„Ja, das können wir gerne machen. Ich bin jederzeit
zu erreichen!"

„Gut, dann kommen wir morgen Vormittag gegen
10.00 Uhr zu ihnen! Wäre das für sie machbar?"

„Ja, wir treffen uns um 10.00 Uhr vor der Kirche
und ich nehme sie mit in meine Wohnung. Bis
morgen!"

In Salares hatte es sich mittlerweile wieder etwas beruhigt.
Die Policia Local kontrollierte die Zufahrten und unbekannte Personen auf Herkunft und Ziel.
Da sich in Salares hauptsächlich Radrennfahrer und Wanderer aufhalten, kann der Ort gut kontrolliert werden.

Karin ist mit der Zusammenfassung ihrer weiteren Recherchen beschäftigt.

Viele Fotos und viele Notizen zieren ihren Kellerraum.

Sie hat sich aus allen Daten, die sie gesammelt hat, ein kunstvolles Geflecht zusammengestellt.

Genüsslich setzt sie sich in ihren gemütlichen Schaukelstuhl und läßt ihre Gedanken kreisen.

1. Welche ihrer Notizen sind die Wichtigsten?

2. Welche Zusammenhänge gibt es zwischen den einzelnen Provinzen in Andalusien?
3. Welche Rolle spielen Politiker in dieser Szenerie von Betrugs- und Gewalttaten?
4. Wer will die Pläne der Energieunternehmen mit aller Macht und ohne Hürden in Andalusien umsetzen?
5. Wieviel Nationen aus Europa und dem Rest der Welt, sind daran interessiert einen

Nutzen aus den gesamten Investitionen zu ziehen?

Es ist vieles noch verworren! Dennoch handelt es sich um eine klare kriminelle Struktur, die alle Provinzen in Andalusien verbindet.

Vor Wochen dachte Karin noch, dass bei den Investitionen die Familienclans federführend sind.

Heute ist sie schon ein paar Gedankengänge weiter und hat verstanden, dass es sich um größere Dimensionen handelt, in der die Politik ebenfalls ein großes Wort führt.

Ihre Erkenntnis ihrer Recherchen und ein immer wiederkehrender Makel in der Politik:

Vom Volke gewählte Politiker, täuschen ihre Wähler durch Investitionen in der Heimat, um sich selbst ins rechte Licht zu rücken. Natürlich nicht ohne ihre persönliche Gewinnmaximierung zu erzielen.

So wie es in der Alpujarra der Fall zu sein scheint. Im Ergebnis der Recherchen sind aktuell zwei tote Widerständler zu verzeichnen.

In der Provinz Cadiz, wo ebenfalls ein Widersacher der Politik unter mysteriösen Umständen ums Leben gekommen ist.

In der Provinz Sevilla werden sogar drei Tote mit dem Betrug der Landkäufe von Investoren in Verbindung gebracht.

All das, muss Karin sich nun langsam eingestehen, ist ein bisschen viel für sie.

Immer wieder muss sie alles überprüfen und die richtigen Faktoren der verschiedenen Vorgänge herausfiltern.

Plötzlich sind es mehrere Institutionen, die an diesem Spiel mit kollateralen Schäden, wie es Politiker oft benennen, beteiligt sind.

Um alle Vorgänge vor der Öffentlichkeit bis auf ein Mindestmaß zu verschleiern, muss die Polizei indirekt in alles involviert sein.

Konnte sie den Kommissaren Gutierrez und Ramirez trauen?

Über die Fülle aller Gedanken schlummert Karin in ihrem Schaukelstuhl ein und wird erst in den frühen Morgenstunden des nächsten Tages wach.

Die Morgensonne scheint durch die Lamellen ihrer Fensterläden. Ein laues Lüftchen weht und aus der Nachbarwohnung steigt frischer Kaffeeduft hoch in ihre Wohnung.

Es ist kurz nach Sieben.

Sie hat noch genug Zeit sich auf den Besuch der Kommissare Gutierrez und Ramirez vorzubereiten.

Sie geht hinunter zu Madalena und klopft an ihre Wohnungstür.

„Buenas Dias, Karin!"

Madalena strahlt, als sie Karin in ihre Wohnung eintreten lässt.

„Buenas Dias, liebe Madalena. Ich habe den frischen Kaffee bis oben in meine Wohnung gerochen. Hmmmmh, duftet es gut hier! Bekomme ich einen Kaffee?"

„Natürlich! Möchtest du ein Brot mit Tomate und Olivenöl dazu?"

„Vale, dass wäre die Krönung!"

Madalena schüttet den Kaffee ins Glas.

„Möchtest du Milch und Zucker für deinen Kaffee?!

„Ja, etwas Milch bitte. Ist sie warm oder kalt?"

„Ich habe die Milch etwas erwärmt und
aufgeschäumt!"

„Hmmh, das klingt fantastisch!"

Madalena bringt alles aus der Küche in den kleinen
Wohnraum, von wo aus sie den Blick ins gesamte
Tal von Salares haben!

Schöne bunte und gehäkelte Mandalas zieren die
Straßen in fünf Metern Höhe.

Die bunte Tischdecke, ebenfalls mit Mandala-
Motiven, gefällt Karin sehr gut.

„Wo hast du die schöne Tischdecke her?"

„Du wirst es nicht glauben. Es war der totale Zufall,
als ich letzten Donnerstag auf dem Wochenmarkt in
Torre del Mar war. Dort war ein marokkanischer
Stand, der Unmengen an Stoffen angeboten hat.

Darunter war auch diese schöne Tischdecke. Sie
war zwar nicht preiswert, aber zwanzig Euro war sie
mir wert!"

„Großartig, da muss ich demnächst auch mal
wieder vorbeischauen. Aber im Moment habe ich
wirklich wenig Zeit!"

„Du Karin, wird es nicht langsam zu gefährlich und
unheimlich für dich?
Schließlich musst du das Ganze nicht auf dich
nehmen und kannst in Ruhe dein Leben hier leben.

Gib doch einfach deine Informationen an die Polizei
weiter und lasse den Tag, Tag sein.“

„Das kann ich nicht Madalena!
Es sind zu viele Dinge in der kurzen Zeit passiert, die
mich einfach nicht loslassen.
Ich habe einigen Betroffenen meine Hilfe
angeboten. Ich stehe bei ihnen im Wort!“

„Auch wenn du dein Leben dabei aufs Spiel stellen
könntest?“

„Weißt du Madalena!
Mein Leben ist so viel wert, wie ich anderen
Menschen davon geben kann.
Ich kann jetzt nicht zur Tagesordnung übergehen.

Zu viele Schicksale sind mir bereits bekannt.
Ich möchte diesen Menschen unbedingt mit meiner
Erfahrung und meinen Kenntnissen über die
gesamten Zusammenhänge helfen.
Sie müssen unbedingt wieder zu sich selbst finden
und wieder ein Rückgrat bekommen, um der
Gerechtigkeit ins Auge sehen zu können!“

„Das klingt verständlich, Karin!“

„Natürlich bin ich vorsichtiger geworden, nach der Verhaftung der drei Männer, die mich bedroht haben.
Ich kann andererseits jetzt auf die Hilfe und Unterstützung der Polizei zurückgreifen.

Das wird eine große Unterstützung für mich im Punkto Sicherheit sein.“

Madalena und Karin sprechen noch über Dorfereignisse der letzten Tage und genießen ihr gemeinsames Frühstück.

„So, jetzt muss ich mich langsam sputen. Die beiden Kommissare wollen um zehn Uhr an der Kirche sein. Jetzt haben wir schon 9.50 Uhr!“

„Lass alles stehen, ich wasche nachher ab.

Ich muss gleich nach Archez fahren. Dort treffe ich mich mit den alten Frauen des Dorfes und wir wollen ein bisschen Gymnastik zusammen machen!“

„Gibst du jetzt Gymnastikkurse?“

„Ja, der Bürgermeister hatte mich gebeten, mich in Archez eine Zeit lang zu engagieren.

Ich treffe die alten Frauen des Dorfes, weil der soziale Dienst dort etwas eingeschränkt ist, nachdem die alte Sportlehrerin verstorben ist."

„Das finde ich großartig von dir. Wir sehen uns später wieder. Ich werde dir berichten, wie es weitergeht!"

Karin geht hinunter zur Kirche, um die beiden Kommissare zu empfangen.
Die beiden Kommissare stehen schon vor dem Kirchentor und unterhalten sich miteinander.

„Buenas Dias, meine Herren! Darf ich sie bitten mir zu folgen."

Sie steigen hoch zu Karin`s Wohnung.

„Der Eingang zur Wohnung ist sehr speziell. Deshalb habe ich ihnen den Treffpunkt hier an der Kirche genannt."

Kommissar Gutierrez und Kommissar Ramierez folgen Karin.

„Darf ich ihnen ein kaltes Getränk anbieten?"

„Ja, gerne!"

„Mineralwasser oder Saft?"

„Mineralwasser ist gut!"

Karin holt Gläser aus der Küche und stellt eine
Karaffe mit Mineralwasser auf den Tisch.

„Bitte bedienen sie sich!"

„Frau van den Buur! Zuerst einmal etwas Wichtiges
für sie.

Sie hatten eine Anfrage an uns gerichtet, die Ihren
Bekannten Antonio betraf.
Nach unseren ersten Nachforschungen müssen wir
Ihnen leider mitteilen, dass Antonio bei einem
Verkehrsunfall als Fußgänger, so schwer verletzt
wurde, dass er jetzt im Koma liegt und in der
Universitätsklinik von Malaga versorgt wird!"

Karin steht der Schreck ins Gesicht geschrieben.

Ihre Gedanken kreisen sofort um Antonio, der sie
selbst davor gewarnt hatte Nachforschungen oder
Initiativen gegen die Energieversorger anzustellen.
Jetzt hat es ihn scheinbar selbst erwischt.
„Kann ich Antonio irgendwann besuchen?"

„Das können wir ihnen leider nicht beantworten. Da
müssten sie sich mit der Intensivstation der
Universitätsklinik in Malaga in Verbindung setzen."

„Das werde ich machen. Vielen Dank für Ihre Unterstützung. So habe ich zumindest ein schwaches Lebenszeichen von Antonio!"

„Frau van den Buur, wir möchten mit Ihnen gerne noch einmal verschiedene Abläufe und Vorgänge besprechen, die sie in den letzten zwei Monaten aufgrund ihrer Recherchen erlebt haben!"

„Ja gerne. Stellen sie mir einfach ihre Fragen und ich versuche ihnen die Antworten zu geben!"

Karin und die beiden Kommissare unterhalten sich zirka zwei Stunden über ihre Erlebnisse. Sie machen sich sehr viele Notizen und notieren sorgsam alle Namen.

„Vielen Dank Frau van den Buur. Das Gespräch war für uns sehr positiv. Wenn wir noch einzelne Fragen haben, dann rufen wir sie an!"

„Was ist denn aus den drei Männern geworden, die sie vorläufig festgenommen haben?"

„Wir konnten die drei Männer dem Untersuchungsrichter vorführen, der aber aus verschiedenen Gründen keine Haft angeordnet hat. Er sie mit 3 Monaten Hausarrest belegt.

Zusätzlich haben alle drei Männer die Auflage bekommen, sich einmal in der Woche bei der

Polizei zu melden und ihnen nicht näher zu
kommen.
Ihnen wurden die Ausweise abgenommen und
gegen eine Kaution im fünfstelligen Bereich hat der
Richter sie entlassen, da sie feste Wohnsitze
nachweisen konnten.“

„Das klingt nicht gerade positiv.“

„Frau van den Buur! Bitte seien sie vorsichtig, falls
sie weiterhin ihre Recherchen fortsetzen. Nach
unserer Einschätzung gehen die Verbindungen der
Energiekonzerne bis in die Spitze der Politik.“

„Das habe ich mir schon gedacht!“

„Wir werden jetzt die Details unserer Besprechung
mit den Kommissaren der Abteilung
Wirtschaftskriminalität teilen und ausarbeiten.
Sollten sie Ihrerseits Informationen erhalten, von
denen sie denken, dass sie für unsere Arbeit wichtig
sind, dann teilen sie uns das bitte mit. Wir leiten
dann ihre Informationen an die Kollegen weiter.“

„Ja, dass werde ich auf jeden Fall machen.“
„Noch eins, Frau van den Buur! Die Ermittlungen in
allen Todesfällen werden wir fortführen.
Dadurch wird Unruhe auf allen Ebenen der
Beteiligten entstehen. Seien sie daher aufmerksam
und machen sie keine unüberlegten Schritte!“

Die nächsten beide Tage verbringt Karin damit, in ihrer Wohnung in Salares weitere Zusammenhänge zu ordnen.

Entscheidend ist es, jetzt an der richtigen Stelle weiterzumachen. Sie ruft Nella an und bittet sie um eine Unterkunft für die nächsten Tage.

„Hola, Nella. Wie geht es dir?"

„Hola Karin, schön dass du anrufst. Ich wollte mich heute auch bei dir melden!"

„Wieso? Ist etwas passiert?"

„Ja, es ist sehr traurig. Jaime Perez hat gestern Selbstmord begangen. Zumindest stellt es die Polizei so dar!"

„Um Gottes Willen. Was genau ist denn passiert?"

„Das kann ich auch nicht genau beschreiben. Komm doch wieder zu mir. Du kannst auch ein paar Tage bleiben und in meiner kleinen Wohnung wohnen!"

„Ja Nella, das mache ich. Ich wollte dich auch fragen, ob ich zu dir kommen kann. Allerdings wusste ich nichts von diesem schrecklichen Unglück!"

„Komm einfach zu mir und wir können dann in
Ruhe sprechen. Die Bar ist voll, denn die Bauern
sind alle hier!"

„Ja Nella, in vier Stunden bin ich bei dir!"

Karin packt ihre Sachen für die nächsten Tage in
ihren Koffer und ging hinunter zu Madalena.

Madalena öffnet die Tür, nachdem Karin geklopft
hat.

„Karin, was ist los? Deine Augen sind rot! Hast du
geweint?"

„Madalena ich muss unbedingt nach Setifilla!"

„Was ist passiert?"

„Ich habe soeben Nella angerufen und wollte
fragen, ob ich nächste Woche bei ihr ein paar Tage
wohnen könnte. Dazu bin ich nicht gekommen. Sie
sagte mir sofort, dass Jaime, von dem ich dir erzählt
hatte, Selbstmord begangen haben soll.
Anscheinend soll er sich in seinem Auto mit den
Auspuffgasen, die er ins Fahrzeuginnere geleitet
hat, umgebracht haben!"

„Das ist ja schrecklich. Jetzt verstehe ich auch,
warum du so rote Augen hast!"

„Das ist mir selbst nicht aufgefallen. Die Nachricht
war im ersten Moment schockierend für mich. Ich
habe nicht bemerkt, dass ich geweint habe. Eher
hat mich ein Gefühl von Ohnmacht begleitet.“

„Setz dich doch erst einmal. Möchtest du etwas
trinken?“
„Ja ein Glas Wasser vielleicht!“

Madalena stellt Karin ein Glas Wasser hin.

„Ich werde sofort nach Setefilla fahren, um mit
Nella zu sprechen. Sie konnte leider nicht länger
reden, da sie die Bar mit allen Bauern voll hatte.“

„Ja, mach das! Fahr bitte vorsichtig und melde dich
bei mir, wenn du angekommen bist!“

Madalena drückt Karin feste an sich.

Karin holt ihren Koffer mit den wichtigsten
Unterlagen und der Trauerkleidung.
Auf dem Weg hinunter zu ihrem Auto
wird sie von einem Dorfbewohner angesprochen.

„Karin, ich bin mir nicht sicher. Aber gestern kam
ein Paketlieferant angefahren und parkte seinen
Lieferwagen an der linken Seite deines Autos! Er
stand außergewöhnlich lange neben deinem Auto!“

„Vielen Dank für deinen Hinweis!“

Karin ist sich unsicher, was sie jetzt tun soll.
Soll sie die Herren von der Kriminalpolizei
informieren oder die Policia Local?

Sie entschließt sich die Policia Local zu informieren.
Die Polizeibeamten sind nach zehn Minuten bei
Karin am Auto. Sie überlegen was jetzt zu tun wäre.

„Am besten fahren wir kurz hoch zu Gonzales in
seine Werkstatt. Er hat eine Hebebühne. Dort
können wir uns dann ganz genau anschauen, ob
irgendwas an ihrem Auto manipuliert wurde."

In der Werkstatt angekommen bitten sie darum,
dass die Mechaniker einmal nachschauen mögen,
ob etwas ungewöhnliches am Fahrzeug zu
entdecken ist.

Der Mechaniker fährt den Wagen auf die
Hebebühne und schaut sich unter dem Fahrzeug
alles genau an.
Alle Schläuche, alle Züge, alle Verstrebungen sind in
Ordnung.
In dem Moment, als sie den Wagen wieder
herunterlassen wollen, fiel ihm ein kleines rotes
Blinklicht, kaum größer als ein Stecknadelkopf auf.

„Stopp, fahr die Bühne noch mal ganz hoch", ruft
der Mechaniker seinem Chef Gonzales zu.

Vorne, direkt am Blech des Motorschutzes entdeckt
er ein kleines, rot blinkendes Kästchen.
Es entpuppte sich als GPS-Sender.

Karin ist nicht besonders erschrocken über die
Tatsache, dass sich plötzlich ein GPS-Sender an
ihrem Auto befindet. Mit ein paar Handgriffen
montieren sie den GPS-Sender ab.

Die Polizeibeamten stellen den GPS-Sender sicher.

Karin bedankt sich bei den Mechanikern und den
Polizeibeamten.

„Gonzales, schick mir bitte die Rechnung für euren
Einsatz!"
„Nein", sagt der Polizeibeamte, „Wir werden einen
Bericht schreiben und Strafanzeige gegen
Unbekannt stellen. Die Kosten übernimmt dann die
Justiz. Karin! Wenn sie so nett wären uns den
Polizeibericht zu unterschreiben in den nächsten
Tagen?"

„Ja, sicher. Das werde ich machen. Ich bin sehr
wahrscheinlich in drei Tagen wieder hier."

Auf dem Weg nach Setefilla nutzt Karin den
längeren Weg über die Landstraßen Andalusiens.

Sie fährt durch wunderschöne Landstriche mit
unterschiedlicher Landwirtschaft.

Sie denkt, wie schön Andalusien doch ist.
Viele Touristen beschreiben das Land als karg und
braun.

Genau das Gegenteil ist richtig.

Wein-, Oliven-, Obst- und Gemüseanbaugebiete
säumen den Weg.

In Setefilla angekommen, betritt Karin mit einem
unwohlen Gefühl die Bar von Nella.
Die Bar ist zwar nicht mehr stark besucht, aber
einige Weggefährten von Jaime Perez sitzen noch
an den Tischen und sprechen miteinander.

Als sie sich der Bartheke nähert, bemerkt sie, wie
die Bauern sie mürrisch anschauen.

„Hola Nella! Da bin ich endlich!"

Nella deutet mit dem Zeigefinger, das Karin ihr in
die Küche folgen soll.

Karin versteht den Hinweis sofort und begibt sich in
die Küche.

„Karin, du musst jetzt stark sein. Denn die anderen
Bauern glauben, dass dein Besuch vor einiger Zeit
hier, die schreckliche Situation um Jaime Perez
beeinflusst hat.

Warum sie so denken, kann ich dir nicht genau
sagen."

„Danke für den Hinweis, Nella. Soll ich wieder in die
Bar gehen, oder ist es besser, wenn ich in die
Wohnung gehe?"

„Das ist schwer zu sagen. Ich kann dir da keinen Rat
geben!"

Karin versucht sich zu entspannen und entschließt
sich, in die Bar zu gehen und mit den Bauern zu
sprechen.

Sie atmet mehrmals tief durch und geht erhobenen
Hauptes in die Bar.
Sie begrüßt die sieben Bauern alle einzeln mit
Handschlag.
Niemand verwehrt ihre Geste.

Karin setzt sich zu ihnen an den großen Stammtisch
und beginnt postum zu reden.

„Ich habe wahrgenommen, dass sie bei meiner
Ankunft vorhin alle etwas mürrisch geschaut haben.
Gibt es von ihrer Seite einen bestimmten Grund
dafür?"

„Das fragen Sie uns?"

„Ja, das frage ich Sie!"

„Hören sie, Senora van den Buur.
Sie waren vor einiger Zeit hier und haben uns Mut
und Hoffnung zugesprochen.
Geschehen ist bis heute nichts, außer das Jaime
Perez sich das Leben genommen hat.
Keiner von uns weiß, wann genau und wie.
Die Polizei gibt zu Jaime Perez Tod nur die Auskunft,
dass es sich um Selbsttötung gehandelt habe.

Senora van den Buur! Als sie vor einigen Tagen
abgereist sind, war Jaime Perez voller Hoffnung,
dass sie uns helfen könnten.
Stattdessen ist Jaime Perez nun von uns gegangen.
Was sollen wir nur darüber denken?“

„Ihre Gedanken kann ich verstehen. Doch seien sie
versichert, dass der Suizid, wenn es denn einer war,
nichts mit mir zu tun hat!“

„Warum sollen wir Ihnen glauben?“

„Jaime Perez hatte vorgeschlagen, dass ich mit ihm
eine Tour machen sollte, auf der er mir die Gebiete
zeigen wollte, die verkauft wurden.
Er wollte mir ebenfalls zeigen, welche Arbeiten bis
heute auf den Grundstücken umgesetzt worden
sind. Dazu kam es nicht, weil er mir kurz vorher
geschrieben hatte, dass er wichtige Termine
erfüllen müsse!“

Die Bauern schauten erstaunt und wussten nichts darauf zu erwidern.

„Noch ein Beispiel für sie!

Ich selbst wurde Opfer einer gescheiterten Entführung in der Nähe meines Wohnortes. Ausgeführt wurde die Tat von Mitgliedern des Kartells, dass sich um die zukünftigen Energieanlagen in Spanien und speziell in Andalusien kümmert!"

Karin trägt diese Informationen mit zitternder Stimme vor.

„Senora, entschuldigen sie bitte unser Verhalten! Wir können also weiter offen mit Ihnen reden?"

„Ja das können sie ohne Bedenken!"

„Nella, bring uns bitte eine Runde Pacharan", ruft einer der Bauern. „Für dich natürlich auch!"

Nella verteilt die neun gut gefüllten Likörgläser am Tisch.

„Auf eine gute Zusammenarbeit, Senora van den Buur!"

Karin, Nella und die Bauern heben die Gläser und stoßen in der Mitte des Tisches aufeinander an.

„Erzählen Sie mir doch bitte, was bis jetzt alles
geschehen ist, seitdem ich fort war", sagte Karin.

„Im Grunde ist nichts passiert!
Die Verhandlungen mit dem Konzern liegen
weiterhin auf Eis.
Die Politiker in der Provinz halten sich zurück und
lassen sich verleugnen. Jaime Perez Tod ist die
einzige schwerwiegende Veränderung!"

„Das ist wirklich nicht viel", antwortete Karin.

„Gut, dann vereinbaren wir für morgen ein Treffen
mit allen Beteiligten hier in der Bar.
Ich denke der Platz dürfte ausreichend sein, um
ihnen meine bisherigen Ergebnisse zu präsentieren.

Danach entscheiden wir gemeinsam, wie wir weiter
vorgehen und ob wir einen freien Anwalt
hinzuziehen, der es uns ermöglichen kann,
Akteneinsichten zu bekommen."

Die anwesenden Bauern begrüßen diesen
Vorschlag.
Sie sitzen noch eine Weile mit Karin zusammen,
dann verabschieden sie sich nacheinander.

Karin bezieht ihre kleine Wohnung und bereitet sich
auf den morgigen Tag vor.

Sie versucht einen befreundeten Anwalt telefonisch davon zu überzeugen, morgen ebenfalls anwesend zu sein.

Dieser kann ihr noch keine konkrete Antwort geben und teilt ihr mit, dass er versuchen wird bis morgen Mittag in Setefilla zu erscheinen. Er wird ihr rechtzeitig eine Nachricht schreiben.

Ihr nächster Anruf gilt der Sorge um Antonio.

Sie ruft in der Universitätsklinik in Malaga an und lässt sich mit der Intensivstation der Chirurgie verbinden.
Im Gespräch mit der Mitarbeiterin kommt heraus, dass Antonio noch im Koma liegt, und das es keine Anzeichen gibt, das er in nächster Zeit wieder aufwachen würde.
Sie könne ihr aber gerne eine Information zukommen lassen, sofern Antonio aufwachen sollte. Karin hinterlässt der Klinik für diesen Fall ihre Handynummer.

Müde sinkt sie später ins Bett. Sie hatte sich schließlich gerade drei Stunden auf den nächsten Morgen vorbereitet.

Am nächsten Tag um die Mittagszeit erscheinen vierzehn Bauern und einige ihrer Ehefrauen in Nella`s Bar.

Karin`s Anwalt hat sich ebenfalls auf den Weg
gemacht und wird in zirka einer Stunde in Setefilla
eintreffen.
Karin stellt sich den mitgekommenen Damen vor.

Sie beginnt zügig mit ihrem Vortrag, über die bis
heute von ihrer Seite erworbenen Kenntnisse zu
dem Energie Konzern, der sich für die Landkäufe
verantwortlich zeigte.

Bei den spanischen Energiekonzernen Naturgy und
Green Capital Power konnte sie keine Erkenntnisse
gewinnen zu den Gebieten in der Nähe von Sevilla.
In diesen Gebieten sind ausländische
Investmentfonds federführend.
Naturguy und Green Capital Power sind in östlichen
Gebiet Andalusiens tätig. So hatte es die
Landesregierung Andalusiens beschlossen.

Die Bauern und ihre Ehefrauen hören sich den
Vortrag von Karin interessiert an.

Bei ihren Ausführungen kommt Karin auf die
Thematik „Grüner Wasserstoff“ zu sprechen.
Diesen Begriff und dessen Bedeutung hatten die
anwesenden Bauern noch nie wahrgenommen. Sie
zeigen sich überrascht.

Karin kann ihnen anhand einer Studie führender
Wirtschaftsunternehmen aufzeigen, das der

andalusische Landesvater das Projekt „Grüner Wasserstoff" zur Staatsangelegenheit gemacht hat.

Mehr als einhundert daran beteiligte Unternehmen haben die Verträge bereits unterschrieben.

Der Vorteil für die spanische Variante zur Herstellung von „Grünem Wasserstoff" ist, dass die Sonne als Energieentwickler an mehr als dreihundert Tagen scheint.

Länder, wie zum Beispiel Frankreich können mit ihren Überschüssen aus Atomkraftwerk Energie zwar „grauen Wasserstoff" herstellen, aber lange nicht so viel, wie es in Spanien, durch die Sonneneinstrahlung zur Produktion von „Grünem Wasserstoff" möglich ist.

An der bevorstehenden Energiewende, hin zur Energiequelle Wasserstoff, wollen natürlich alle verdienen.

Allein der neue Konzern Moveo wird ab Mitte 2025 das „Green Hydrogen Valley" im Südwesten Andalusiens schaffen, um von hier aus ganz Europa und Nordafrika mit Wasserstoff zu versorgen.

Karin spricht sich zu diesem Thema weiter aus.

„Die vorher genannten Unternehmen sind NICHT an ihrem Unglück beteiligt.

In ihrem Fall sind die ausführenden Personen im Zusammenhang mit einem amerikanischen Investmentfonds in Verbindung zu bringen. Mir sind die Verbindungen bekannt."

Karin trinkt einen großen Schluck aus ihrer Wasserflasche, bevor sie fortfährt:

„Sie erhalten die Informationen von mir erst nach dem Gespräch mit meinem Anwalt. Und auch dann kann es noch einige Zeit dauern, bis ich grünes Licht bekomme und ihnen die notwendigen Informationen für zivilrechtliche Klagen zukommen lassen kann. Bitte haben sie dafür Verständnis! Denn wenn einige von ihnen zu früh reagieren, zerstören wir uns wichtige Informationsfelder."

Die Tür der Bar öffnet sich und ein schick gekleideter Mann kommt herein.

„Schön, dass du da bist!"

Karin umarmt den hübschen und adretten Mann.

„Meine Damen, meine Herren! Ich darf ihnen Ingolf Höland vorstellen. Mein, und vielleicht ihr Anwalt, in unseren Angelegenheiten!"

Ingolf Höland setzte sich neben Karin.

„Guten Tag, meine Damen und Herren. Ein
ungewöhnlicher Ort, um solch eine brisante
Veranstaltung durchzuführen.
Senora van den Buur hat mich gebeten hierher zu
kommen und sie über die rechtliche Lage und das
weitere Vorgehen zu informieren."

Die Bauern und ihre Ehefrauen schauen
erwartungsvoll.

„Zuallererst möchte ich sie bitten, darüber zu
entscheiden, ob ich ihre Vertretung in der
komplexen Angelegenheit, die alle Arten von
Kapitalverbrechen beinhaltet, übernehmen soll.

Um es allen Beteiligten zu erleichtern, habe ich für
jeden eine Vollmacht mitgebracht, die sie mir bitte
nach ihrer Entscheidung, ob ich sie vertreten soll,
unterschrieben wieder zurückgeben.

Der finanzielle Aufwand hält sich für Sie zunächst in
Grenzen.
Erst wenn ein Richter darüber entschieden hat, ihre
Klagen anzunehmen, werde ich ihnen meine
Honorarforderungen mitteilen können. Bis dahin
arbeite ich kostenfrei für sie!

Mein Honorar richtet sich nach der jeweiligen Höhe
der angenommenen Klagen.
Das Honorar beläuft sich auf 2% der
einzuklagenden Schadenssumme.

Die Kosten für die Verfahren, die zur Aufklärung von Todesursachen führen sollen, werden von mir erst nach einem Urteil in Rechnung gestellt. Sollte der Beklagte den Prozess verlieren zahlen sie nichts. Die Höhe der Prozesskosten legt das jeweilige Gericht fest.

Somit ist der für sie als Bauern anfallende Kostenteil sehr überschaubar.

Ich möchte ihnen im Voraus mitteilen, dass ich ihnen keine Garantie auf ein positives Urteil für sie geben kann.

VOR GERICHT UND AUF HOHER SEE IST MAN IN GOTTES HAND!

Ich lasse ihnen die Unterlagen für jeden Einzelnen oder für Ehepaare hier und berate mich mit Frau van den Buur nebenan. In einer Stunde komme ich wieder zu ihnen.“

Er verteilt die Vollmachten und zieht sich mit Karin in den Nebenraum zurück.

Die Bauern und ein paar Ehefrauen stecken die Köpfe zusammen und beraten sich.
Nach zehn Minuten ist die Entscheidung gefallen.
Alle Beteiligten erteilen dem Anwalt die Vollmacht sie zu vertreten.

Karin ist beruhigt und kann sich jetzt wieder voll auf ihre weiteren Recherchen konzentrieren.

In erster Linie wollte sie mehr über den Freitod von Jaime Perez erfahren. Sie fährt zur Polizeistation, um sich dort zu erkundigen, welche Informationen es zu Jaime Perez Tod gibt.

In der Polizeistation trifft sie nur auf einen einzelnen Beamten, der in seine Schreibarbeiten vertieft ist.

„Entschuldigen sie bitte," ruft Karin über den Tresen, der ihr den direkten Blick auf den Beamten gewährt.

Der junge Mann in einer schönen Polizeiuniform schaut hoch und murmelt etwas.
Gleichzeitig hebt er den linken Arm, was bedeutet, dass er sich gerade konzentrieren muss.

Karin bleibt nichts anderes übrig. Die Uhr an der Wand tickte leise vor sich hin. Es herrscht fast Totenstille im Raum. Man hätte eine Stecknadel fallen hören können.

Nach gut fünf Minuten erhebt sich der junge Polizist von seinem Stuhl und geht zum Tresen, an dem Karin geduldig wartet.

„Senora, was kann ich für sie tun?"

„Danke schön, dass sie sich die Zeit nehmen und mich fragen," antwortet Karin.

„Vor ein paar Tagen soll sich hier in der Nähe Jaime Perez umgebracht haben. Ich hatte vor einigen Tagen noch direkten Kontakt zu ihm und muss nun hören, dass er den Freitod gewählt haben soll!"

„Senora, zu diesem Fall kann ich ihnen keine Auskunft geben. Ich schaue bei uns im Computer nach."

Der Polizist geht zurück an den Schreibtisch und gibt die Daten ein, die er gerade von Karin erhalten hat.

„Senora, ich kann ihnen leider keine Auskünfte erteilen. Ich erhalte lediglich den Hinweis auf dem Bildschirm, dass es sich bei der von ihnen gesuchten Person und den damit verbundenen Vorgang, um eine Verschlussakte handelt.
Das bedeutet, dass ich ohne die notwendigen Passwörter keine Auskunft über den verstorbenen Jaime Perez bekomme."

Karin schüttelt vor lauter Verwunderung über die Aussage des jungen Polizisten mit dem Kopf.

„Das klingt tatsächlich merkwürdig. Wo kann ich genauere Informationen über die Verschlussakte bekommen?"

„Dazu müssten sie sich an die regionale Polizei oder die Guardia Civil in Sevilla wenden.

Ich kann ihnen gerne die Kontaktdaten geben. Telefonisch können sie dort niemanden erreichen. Der einzig gute Weg, um an Informationen zu kommen, ist der persönliche Besuch bei der regionalen Polizei oder Guardia Civil in Sevilla!"

Karin schaut auf ihre Smartwatch und überlegt: „Heute schaffe ich es nicht mehr rechtzeitig vor Dienstschluss in Sevilla zu sein."

Sie hat jetzt etwas Zeit und fährt ein wenig durch die Landschaften.
Mit ihrem Auto fährt in den nahegelegenen Naturpark Sierra de Hornachuelos.
Über Palma del Rio und Hornachuelos gelangt sie an den Stausee Retortillo.

Kurz vor der Staumauer an der SE-7104 entdeckt sie auf der rechten Seite ein riesiges Gebäude. Es gehört der Wasserwirtschaft in der Sierra Morena.

Sie stellt ihr Auto vor der Einfahrt zum großen Gebäude ab und geht die restlichen 300 Meter zu Fuß zum Gebäude.

Vor dem Gebäude sitzt ein kleiner Mann in einem blauen Overall und kariertem Hemd.

„Hola, mein Name ist Senora van den Buur!"

Der kleine Mann schaut auf und nimmt kaum Notiz von Karin.

„Entschuldigen sie bitte," spricht Karin im besten Spanisch weiter.

„Darf ich sie etwas fragen?"

Der kleine Mann schüttelt mit dem Kopf.

Karin geht näher an den kleinen Mann heran und reicht ihm ein Foto von ihr und Nella.

„Hola Senora, sie kennen Nella? Kommen sie her und setzen sich neben mich!"

Der kleine Mann rutsche mit seinem Po etwas nach rechts, damit Karin ebenfalls Platz auf der Bank hat.

„Das ist sehr nett von ihnen!

Ich bin Karin van den Buur und übernachte bei Nella, wenn ich sie und einige befreundete Bauern besuche."

„Ja, das habe ich schon gehört. Ich heiße Jorge und
wohne in Setefilla."

„Das ist interessant Jorge. Arbeitest du hier?"

„Ja ich bin zuständig, um hier am Stausee die
Wassermengen an die verschiedenen Orte ablaufen
zu lassen.
Vor nicht allzu langer Zeit haben wir noch ein
Wasserwerk betrieben, welches der
Energiegewinnung diente.
Seit unten im Tal des Guadalquivir die neuen Solar-
Panel- Felder entstanden sind, wird unser
Wasserwerk für die Produktion von Strom nicht
mehr gebraucht!"

„Wie kam es dazu?"

„Ganz einfach! Die Solar- Panels wurden an das
Umspannwerk angeschlossen und liefern ab sofort
den Strom.
Da wir mehr Sonne als Regen in unserer Region
haben, ist das eine sichere Produktion von Energie."

„Und warum bis du jetzt so missmutig? Du hast
doch jetzt weniger Arbeit als vorher!"

„Das mag sein. Bis vor nicht allzu langer Zeit waren
hier noch neun Mitarbeiter beschäftigt.
Jetzt sind wir nur noch zu dritt und in den einzelnen
Schichten sind wir dauernd allein.

126

Früher konnte man mit den Kollegen sprechen und
seine eigene Stimmung wieder aufbauen lassen.
Nun sitze ich hier und habe nur das Telefon zur
Kommunikation.
Das ist schon sehr langweilig auf die Dauer und
schlägt auf das Gemüt."

„Oh ja, dass kann ich mir sehr gut vorstellen, Jorge!
Da hat sich dein Leben sichtlich verändert!
Wie lange musst du noch arbeiten?"

„Ich muss noch fünf Jahre arbeiten, bevor ich mit
62 in Rente gehen kann."

„Mit 62 schon! Das ist aber früh. Wir in Deutschland
dürfen erst mit 67 Jahren in Rente gehen!"

„Ja, das habe ich gelesen. Da haben wir es besser.
Allerdings haben die meisten Menschen in Spanien
mit zweiundsechzig auch schon fünfundvierzig oder
siebenundvierzig Jahre gearbeitet. Viele gehen
längstens bis zur zehnten Klasse in die Schule. Für
das Gymnasium oder Studium haben die wenigsten
das nötige Geld!"

„Ja das ist verständlich. Bei uns in Deutschland ist
es ein riesiges Problem, das fast alle auf das
Gymnasium gehen.
Wenn du Nella kennst, dann kennst du doch
bestimmt viele Bauern hier in eurer Gegend, oder
nicht?"

„Doch, doch! Ich kenne fasst alle Bauern unten im
Tal. Ihnen hat man übel mitgespielt, hörte ich.
Diese furchtbaren Betrügereien sind wohl
von der Regierung unterstützt worden, redet man.
Kein Wunder, dass hier überall die Stimmung auf
dem Nullpunkt ist.“

„Wenn du fast alle Bauern kennst, was sagst du
zum Freitod von Jaime Perez?“

„Ehrlich gesagt, habe ich da ein komisches Gefühl.
Von der Polizei wurde mitgeteilt, man habe Jaime
Perez tot in seinem Auto gefunden.
Seine Frau wurde in Cordoba informiert und seine
Kinder, die in Madrid und Barcelona leben,
ebenfalls.
Als sich alle drei, 2 Tage später, auf den Weg nach
Sevilla gemacht haben, um Abschied zu nehmen
von Jaime Perez, da überreichte ihnen die Polizei
nur eine Urne mit der Asche von Jaime Perez.

Glauben sie mir Karin, da stimmt etwas nicht.“

„Das Gefühl kann ich nachvollziehen, lieber Jorge!“

„Ich finde es unglaublich, was die öffentliche Hand
und alle die damit zu tun haben, zurzeit mit uns
machen!
Nicht nur, dass sie vermutlich in dunkle Geschäfte
verwickelt sind, sondern dass sie jetzt nicht einmal

mehr in ethischen Bereichen ihre Bürger unterstützen. Klar, hier in Andalusien werden die Leichen, wenn der Tod der Person eindeutig ist, innerhalb von 36 Stunden eingeäschert. Aber in solch einem Fall könnte man doch eine Ausnahme machen.
Wie mag es sich für die Angehörigen anfühlen, wenn man seinen Ehemann und Vater noch nicht einmal mehr sehen kann, um sich von ihm zu verabschieden?"

„Grausam Jorge, ganz grausam!" Karin schüttelte fortwährend mit dem Kopf.

„Bei allen wichtigen Dingen, die wir jetzt miteinander besprochen haben, habe ich ganz vergessen zu fragen, ob sie einen Kaffee haben möchten!"

„Gerne Jorge! Einen Kaffee kann ich jetzt gut vertragen!"

In der Zeit, in der Jorge den Kaffee holt, schaut sich Karin ein wenig auf dem Gelände um.
Sie sieht unter einer hellen Plane ein Auto stehen.
Als sie die Plane hochhebt, ist sie erstaunt!
Vor sich sieht sie einen alten Santana PS10 Geländewagen.

Sie geht zurück zur Bank auf der Jorge schon wieder sitzt und einen Becher Kaffee für Karin bereithält.

„Du sag mal, Jorge! Dahinten steht unter einer Plane ein alter Santana PS10 Geländewagen. Der ist doch bestimmt schon 60 Jahre alt. Von wem ist das Fahrzeug?"

„Ach die alte Kiste. Die gehörte einem Mitarbeiter der Wasserwirtschaft. Der Geländewagen ist selten bewegt worden, solange ich hier bin. Und das sind auch schon 30 Jahre."

„Kann ich das Fahrzeug kaufen?"

„Das kann ich dir nicht sagen. Ich gebe dir am besten die Telefonnummer der Wasserwirtschaft in Sevilla. Sicher bekommst du dort eine Antwort auf deine Frage!"

Sie trinken beide ihren Kaffee und schauen auf den ruhigen Stausee. Der leichte Wind sorgte für kurze Wellenbewegungen auf dem Wasser.

Nach einer Weile steht Karin auf und verabschiedet sich von Jorge.

Sie fährt auf der S-6102 am nächsten Staussee vorbei.
Der Stausee trägt den Namen Jose Toran.

Von hier oben kann sie gut in die Ferne schauen und sich bereits ein Bild von der Installation der

Solar- Panelen machen. Es sieht aus, als wenn sie bis zum Horizont reichen.

Karin fährt weiter bergab und biegt nach gut zehn Kilometern auf der S-6102 in den Ort Setefilla ab.

Nella hat die Bar heute schon früher geschlossen. Für Karin ist das kein Problem. Sie hat einen Schlüssel zu ihrer Ferienwohnung.

Sie verbringt den Abend damit, über das Gespräch mit Jorge nachzudenken.

Besonders über seine Information zu Jaime Perez Tod und die schnelle Einäscherung, denkt sie nach. Es ist in Spanien zwar nicht unüblich die Leichen möglichst schnell zu verbrennen. Allerdings sind die Umstände im Zusammenhang mit dem Tod von Jaime Perez noch nicht ganz geklärt. Andererseits muss die Staatsanwaltschaft die Leiche schon freigegeben haben.
Karin notiert sich noch etwas und fällt dann müde auf ihr Bett.

Am nächsten Morgen wacht sie früh wieder auf. Sie hat neun Stunden durchgeschlafen.

Karin begibt sich zur Bar, in der Nella bereits die ersten Frühgäste begrüßt hat.

„Hallo Nella!"

„Hallo Karin!"

„Kannst du mir bitte einen starken Kaffee machen?"

Nella grinst!

„Ist wohl spät geworden gestern?" Nella lacht laut.

„Nein, keineswegs. Ich war gegen 21.00 Uhr wieder zurück und bin dann todmüde ins Bett gefallen."

„Was hast du denn gemacht?"

Karin erzählt Nella von ihren gestrigen Erlebnissen.

„Oh ja, Jorge kenne ich gut. Der ist früher mit Jaime Perez zur Schule gegangen!"

„Das hat er mir nicht erzählt!"

„Vielleicht war es für ihn nicht wichtig! Was machst du heute Karin?"

„Zuerst werde ich bei der Wasserwirtschaft anrufen und mich über das Auto oben am Stausee informieren. Ich habe dort oben unter einer Plane einen alten Santana Geländewagen entdeckt.

Dann überlege ich weiter, ob ich noch einmal zu den neuen Umspannwerken fahre und mir vor Ort Eindruck über die dortige Situation zu machen."

„Klingt gut!"

Karin trinkt einen kräftigen Kaffee den Nella ihr hingestellt hat. Der Kaffee hat es in sich. Da hat Nella es sehr gut gemeint mit der Pulvermenge.

Ihr Handy klingelt.

„Karin van den Buur," meldet sich Karin.

„Universitätsklinik Malaga Hernandez! Spreche ich mit Frau van den Buur?"

„Ja, das tun sie!"

„Frau van den Buur, sie haben sich nach Antonio aus Jerez de la Frontera erkundigt. Ich muss ihnen leider mitteilen, dass Antonio vor zwei Stunden verstorben ist.
Die Kriminalpolizei ist gerade hier und prüft die Hintergründe, weil wir uns keinen Reim daraus machen können, was genau passiert ist in der letzten Nacht.
Es sieht für uns momentan so aus, als sei Antonio durch Fremdeinwirkung verstorben. Der Kriminalbeamte, Senor Gutierrez hat mir ihre Rufnummer gegeben!"

Karin lässt ihr Handy langsam sinken. Ihr wird
plötzlich schwindelig. Aber sie schafft es mit letzter
Kraft, das Handy wieder zum Ohr zu führen.

„Danke! Danke das sie mich informiert haben! Auf
Wiederhören!"

Sie hat das Gefühl in sich zusammenzusacken.

Nella kommt gerade aus der Küche und sieht, wie
Karin in sich zusammensackt.

„Karin, was ist los mit dir? Kann ich dir helfen? War
der Kaffee zu stark? Sag mir doch bitte was mit dir
los ist," fragt Nella, während sie Karin mit ihren
Händen und Armen stützt.

Karins Puls steigt langsam wieder an.

Sie spricht sehr leise.

„Ich, ich wurde gerade vom
Universitätskrankenhaus in Malaga angerufen. Sie
haben mit mitgeteilt, dass Antonio aus Jerez de la
Frontera verstorben ist. Sie prüfen gerade, ob er
eines gewaltsamen Todes gestorben ist."

„Ach Karin, das kann doch alles nicht sein. In
welcher Welt leben wir denn?"

„Das kann ich dir nicht sagen, Nella!"

Karin rappelt sich langsam wieder auf.

„Kann ich etwas für dich tun, Karin?"

„Ich weiß es im Moment auch nicht. Lass mich ein
paar Minuten hier in Ruhe sitzen. Hast du vielleicht
Ingwer?"

„Ja, frischen Ingwer habe ich!"

„Dann schneide mir doch bitte ein paar Scheibchen
ab und leg ein paar Zitronenscheiben dazu. Ich
mache mir in der Wohnung einen Tee davon."

Nella sucht alles zusammen und gibt es Karin in
einer kleinen Dose mit.

Karin betritt die Wohnung und schüttet heißes
Wasser über den Ingwer und die Zitrone.
Sie lässt den Tee 10 Minuten ziehen.

Völlig verwirrt versucht Karin ihre Gedanken zu
sortieren.
Schon wieder ist jemand aus ihrem Umfeld zu Tode
gekommen.
Sicher hat sie keinen direkten Einfluss auf die
jetzige Situation.
Nachdem sie den Tee getrunken hat, legt sie sich
wieder auf ihr Bett und starrt gegen die Decke.

Sie kann momentan keinen klaren Gedanken
fassen.
Ihr Puls ist weiterhin hoch und ihr Kopf schmerzt.

So eine Form der Hilflosigkeit, hat sie seit Jahren
schon nicht mehr erlebt. Zuletzt, als ihr Mann durch
den Unfall ums Leben kam.

Karin beruhigt sich nach einiger Zeit wieder und ruft
Kommissar Gutierrez in Malaga an.

Kommissar Gutierrez meldet sich nach längerem
Rufton.

„Hola, Gutierrez, Kriminalpolizei Malaga, was kann
ich für sie tun?"

„Hola Senor Gutierrez, hier ist Karin van den Buur!"

„Senora van den Buur, schön sie zu hören. Ich habe
heute Morgen den diensthabenden Arzt von der
Intensivstation, auf der Antonio lag, gebeten sie
anzurufen, um sie über das Ableben von Antonio zu
informieren!"

„Ja vielen Dank. Das hat er getan. Er sagte mir
gesagt, dass sie zurzeit überprüfen, ob Antonio
eventuell durch Fremdeinwirkung verstorben ist!"

„Das ist richtig!

Wir haben das Ergebnis von der Gerichtsmedizin erhalten. Antonio wurde mit Blausäure, die ihm über seinen Kochsalztropf zugeführt wurde, ermordet.
Der Tod ist gegen zirka 6.15 Uhr eingetreten.
Das ist genau in dem Zeitfenster geschehen, als die Mitarbeiter auf der Intensivstation ihre Schichtübergabe durchgeführt haben."

„Unglaublich!"

„So scheint es zu sein. Wir überprüfen zurzeit alle Videoaufnahmen von allen Eingängen und Etagen.

Auf der Intensivstation wurden leider keine Aufnahmen gespeichert. Sicher ist dieser Umstand mit der Tötung von Antonio in Verbindung zu bringen."

„Ich bin erschüttert. Wem hat Antonio, dieser nette Mensch, so geschadet, dass sie ihn töten?"

„Das sind Fragen, die wir uns ebenfalls stellen," sagt Kommissar Gutierrez.

„Wir gehen davon aus, dass Antonio mit vielen Gegnern der neuen Energiewirtschaft vernetzt war und letzten Endes als Kopf des regionalen Widerstandes von den Mördern gesehen wurde.

Die Rolle, die er in der Provinz Cadiz ausgeführt hat,
dürfte dafür ausschlaggebend gewesen sein, dass er
von bisher unbekannten Tätern umgebracht wurde.

Den ersten Anschlag in Form eines Verkehrsunfalles
hatte er bekanntermaßen überstanden. Vielleicht
hat er seine Täter erkannt? Wir wissen es nicht.
Jetzt sind diese Täter mit seiner Ermordung in der
Klinik auf Nummer sicher gegangen!"

„Was ist nur in diese Menschen gefahren, dass sie
sich nicht mehr so verhalten, wie es in einer
Demokratie gelebt wird?

Ein Mensch darf doch seine Meinung darstellen,
solange er niemanden beleidigt oder die
Unwahrheit verbreitet.

Steht jemand den Interessen der Gruppierung im
Weg, wird er oder sie gnadenlos beseitigt!"

„Sie haben es gerade sehr treffend beschrieben!
Deshalb müssen wir bei unseren Ermittlungen sehr
vorsichtig sein, dass wir keine Unruhe in gewissen
politischen Bereichen verbreiten!"

„Wie meinen sie das?"

„So wie sie es mit dem Begriff Demokratie
unterschrieben haben!

Seit 1982 erfreuen wir uns in Andalusien über die
Autonomie und gelebte Demokratie.
Ganz besonderes nach der Diktatur unter General
Franco.
Jetzt bringen sich Investoren in die neue
Energiewende ein, die nicht unbedingt aus Staaten
kommen, in denen Demokratie in einer anderen
Wahrnehmung gelebt wird. Aber es herrscht ein
Machtkampf bei der Gier ums Geld.

Nehmen sie nur die, ach so großartige Europäische
Union!

Die EU zwingt allen europäischen Staaten ihre
vielen, unverständlichen Standards auf.
Dieses Verhalten ist weit von jeglicher Demokratie
entfernt.
So wird unmoralischen Investoren Tür und Tor
offiziell geöffnet.
Diese Investoren arbeiten gemeinsam mit den
Kommissaren der EU, die diese Zusammenarbeit als
„fruchtbare Meinungsbildung" bezeichnen.
So können sie jeden Erfolg in Europa gemeinsam
feiern und finanziell auskosten.
Selbst wenn dieser Erfolg an den Interessen eines
autonomen Landes vorbeigeht, feiern sie sich als
Gewinner."

„Ich verstehe sie und ihre Landsleute. In fast allen
europäischen Staaten, außer Ungarn und den
Niederlanden, ist es momentan nicht anders.

Habe ich in ein Wespennest gestochen mit meinen
Recherchen über verschiedene, aktuell hier in
Andalusien tätigen Konzerne?“

„Ich denke, dass sie sehr nah dran sind am
tatsächlichen Geschehen.
Andererseits befinden sie sich noch in einer neutral
wirkenden Position, da sie nur recherchieren und
noch nicht über Einzelheiten berichtet haben.

Außer an uns.

Ihre Informationen sind bei uns in sicheren Händen
und werden nicht nach außen getragen.“

„Das höre ich gerne! Halten sie mich bitte weiter
auf dem Laufenden. Ich wünsche ihnen viel Glück
bei den weiteren Ermittlungen!“

„Vielen Dank, Frau van den Buur. Ich melde mich
wieder bei Ihnen!“

Das Gespräch ist gerade beendet, als das Handy von
Karin erneut klingelt.

Madalena ruf an.

„Karin, wann kommst du ungefähr wieder zurück
nach Salares?“

„Hallo Madalena, schön dich zu hören!
Ich bleibe noch zwei Tage in Setefilla und werde an
der Trauerfeier von Jaime Perez teilnehmen. Hier
habe ich die Möglichkeit mit dem ein oder anderen
Bauern zu sprechen.
Anschließend kehre ich nach Salares zurück. Warum
fragst du?"

„Wir haben für das Wochenende ein kleines Fest
geplant. Da möchte ich nur wissen, ob du daran
teilnimmst?"

„Oh, dass klingt spannend! Sind nur Dorfbewohner
auf dem Fest?"

„Ja, wir möchten den Frühlingsanfang hier oben
feiern. Ob noch ein paar Freunde aus den
Nachbardörfern dabei sein werden, kann ich dir
nicht sagen. Tony organisiert das kleine Fest."

„Das ist schön. Ich werde auf jeden Fall dabei sein.
Ich melde mich vorher noch bei dir, wann ich genau
zurückkehre. Danke für deinen Anruf, liebe
Madalena, bis Freitag!"

„Gerne, bis dann und sei bitte vorsichtig!"

Karin verbringt den Tag bis zur Trauerfeier für Jaime
Perez in ihrer Ferienwohnung von Nella und
schreibt sich viele Informationen der letzten beiden

Tage präzise auf. In der Chronik kann man oft
Vorgänge besser einordnen.

Der Tag der Trauerfeier von Jaime Perez beginnt
schon etwas mystisch. Ein für Ende März unübliches
Gewitter tobte in der Nacht. So als wenn uns der
Himmel sagen wollte, dass heute kein guter Tag ist.

Karin geht mit einem Schirm ausgestattet zum
Friedhof.
Dort versammeln sich Freunde und Verwandte von
Jaime Perez.
Sie schreiten langsam hinter der Musikkapelle, die
andalusische Lieder spielt, zur Friedhofkapelle.

Nachdem alle in der Friedhofskapelle Platz
genommen haben, tritt die Ehefrau von Jaime Perez
an das kleine Pult am Altar und breitet die Notizen
ihrer Gedenkrede aus.

Sie wirkt sehr gefasst und spricht ein paar schöne
Worte über Jaime Perez und sein Leben.

Die Trauergäste sitzen mit gesenktem Haupt auf
den Stühlen. Einige wischen sich ihre Tränen aus
dem Gesicht, während sie den Worten lauschen.

Karin sitzt in der letzten Reihe ganz rechts und hat
einen guten Blick auf die gesamten Trauergäste und
auf das Rednerpult.

Immer wieder fallen ihr die Gesichtszüge von Jaime
Perez Witwe auf.
Sie spricht so gefasst und überlegt über ihren
verstorbenen Mann, dass Karin das Gefühl
entwickelt, die Ehefrau könnte unter
Medikamenten stehen, die der Beruhigung dienen.

Doch irgendwie empfindet sie diese Gelassenheit
unangebracht.

Die kurze Trauerfeier wird mit einem Lied, zu der
die Musikgruppe aufspielt, beendet.

Mit der Urne in beiden Händen schreitet die
Ehefrau von Jaime Perez aus der Friedhofskapelle
und geht zum Urnengrab in der Friedhofsmauer.

Gemeinsam mit einem schwarz gekleideten Mann
schiebt sie die Urne in die Friedhofsmauer und sie
verschließen anschließend gemeinsam das Grab mit
einem Gedenkstein.

Auf dem Grabstein steht der Name von Jaime
Perez, sowie seine Geburts-, und Sterbedaten.

Danach verabschieden sich die anderen
Trauergäste noch einmal im Gedenken von Jaime
Perez und kondolieren seiner Witwe.

Diese verabschiedet sich bei den Trauergästen mit
einem Handzettel, auf dem geschrieben steht, dass

sie alle Trauergäste zu einem Leichenschmaus in die
Bar von Nella einlädt.

So trifft sich nach der Trauerfeier eine kleine
Trauergemeinde in Nella`s Bar.
Die Witwe von Jaime Perez und ihr Begleiter
kommen nicht mehr, sie hatte sich entschuldigen
lassen.

Dieses Verhalten erscheint einigen Anwesenden
etwas befremdlich.
Die Stimmung auf der kleinen Feier ist nicht gut.
Schon nach kurzer Zeit stehen die ersten Gäste
wieder auf und verlassen die Bar.

„Nella, was ist deine Meinung dazu? Verhalten sich
die Witwe und einige Gäste nicht ungewöhnlich?"

„Ach Karin!" Nella seufzt tief: „Es kann sein, dass
alle jetzt genügend Probleme haben und erst
einmal jeder für sich sein möchte."

„Das kann ich verstehen. Aber es ist eine
ungewöhnliche Stimmung untereinander!"

„Karin, du musst wissen, dass Jaime Perez immer
eine Führungsposition bei den Bauern bekleidet
hatte!
Diese Position wurde nicht immer positiv gesehen.
Er hat schließlich die Investoren der Landkäufe den
einzelnen Bauern vorgestellt. Somit hatte Jaime

Perez einen sehr großen Anteil an der heutigen negativen Entwicklung.“

Karin schaut erstaunt. Mit solch einer Aussage hätte sie jetzt nicht gerechnet.

„Was hat seine Ehefrau mit den ganzen Vorgängen zu tun? Sie war so gefasst und klar bei ihrer Trauerrede!
Andererseits hatte sie sich nicht berufen gefühlt, die Gäste hier bei dir in der Bar zu empfangen. Wie passt das zusammen?“

„Karin, du kennst die Menschen hier nicht genau.
Sie trauern um Jaime Perez.
Doch sie waren nie begeistert von der Wahl die Jaime mit seiner Ehefrau getroffen hatte.
Schließlich arbeitet sie in Cordoba in der Universität, die sich mit der Energieentwicklung in Andalusien beschäftigt und hatte Jaime Perez immer wieder beeinflusst, um auf die Karte „Energiegewinnung“ zu setzen.
Deshalb sind die Bauern ihr gegenüber auch skeptisch und sehen sie auf der Seite der Investoren.“

„Ach, das habe ich nicht gewusst. Es hieß doch, dass sich Jaime Perez von ihr trennen wollte!“

„Zwischen trennen wollen und sich endgültig trennen, ist ein großer Korridor. Der Korridor wurde

bis heute nicht geschlossen. Es hieß immer, sie
habe vor, ihn wegen des Geldes zu verlassen."

„Da bleiben einige Fragen für die Zukunft für mich
offen. Ich danke dir liebe Nella."

Karin und Nella sitzen noch einige Zeit mit dem Rest
der Trauergäste zusammen, bevor sich der letzte
Trauergast verabschiedet.

„Du Nella?"

„Ja Karin!"

„Ich reise heute Abend wieder ab.

Wir haben in unserem Dorf für übermorgen ein
kleines Fest geplant. Dort möchte ich gerne
mithelfen und gleichzeitig ein bisschen Abstand von
den letzten Tagen gewinnen!"

„Das verstehe ich, Karin! Du machst es genau
richtig. Schließlich wirst du in den nächsten
Wochen reichlich beschäftigt sein, so wie ich dich
kenne!"

„Ganz bestimmt. Deshalb gönne ich mir jetzt ein
paar Tage Ablenkung, bevor ich weiter mache."

Die Rückfahrt nach Salares geht dieses Mal ohne
Zwischenfälle vor sich.

Die nächsten Tage vergehen für Karin wie im Flug.

Sie hilft mit, das Fest zu organisieren und feiert so
ausgelassen auf dem Fest in ihrem Heimatdorf, dass
sie sich einige Tage davon erholen muss.

Zum Wochenanfang meldet sich Rechtsanwalt
Höland telefonisch bei Karin.

„Guten Tag, Frau van den Buur!"

„Guten Tag Herr Höland. Es freut mich, dass sie sich
jetzt schon bei mir melden. Gibt es etwas Neues in
unserer Angelegenheit?"

„Ja, Frau van den Buur!
Ich habe unsere Klage beim Gericht in Sevilla
eingereicht und nun die Unterlagen der
Grundstücksverkäufe angefordert.
Bis ich diese Unterlagen vom Gericht erhalte,
werden sicherlich noch ein paar Tage vergehen.
Wichtig ist in diesem Fall, dass unsere Klage nicht
abgewiesen wurde und wir ein Aktenzeichen
erhalten haben.
 Somit können wir davon ausgehen, dass wir den
Stein ins Rollen gebracht haben."

„Das klingt sehr positiv. Ich freue mich sehr für die
Bauern, das endlich Licht ins Dunkel der Sache
kommt.

Ich hoffe, dass alle die nötige Geduld haben und
das Verfahren weiter unterstützen. Kann ich noch
etwas für sie tun, Herr Höland?"

„Ja, das können Sie!
In den gesamten Unterlagen finde ich keine Daten
zu einem Jaime Perez.

Lediglich in den Kurzprotokollen verschiedener
Versammlungen wird der Name genannt. Er ist
weder Kläger noch Zeuge in der Angelegenheit!"

„Das kann ich mir auch nicht erklären.

Jaime Perez hat vor kurzem Selbstmord begangen
und wurde vor wenigen Tagen beigesetzt.

Lediglich seine Witwe könnte nun als
Nebenklägerin auftreten.
Ich weiß allerdings nicht, wie sie die Witwe von
Jaime Perez erreichen können.
Versuchen sie es doch bitte über Nella in Setefilla
oder einen befreundeten Bauern einen Kontakt zu
ihr herzustellen."

„Das ist eine gute Idee, Frau van den Buur! Ich
werde sie weiter auf dem Laufenden halten und
mich wieder bei ihnen melden! Auf Wiederhören!"

„Auf Wiederhören, Herr Höland!"

Karin bereitet sich auf ihre nächste Tour durch die Berglandschaften der Axarquia vor.

Sie hat sich eine Route zusammengestellt, die sie über Alhama de Granada und Jatar nach Arenas del Rey führen soll.

Hier, hoch oben in der ganz speziellen Landschaft hinter der Sierra de Tejeda, sind weitere Projekte großer Energiegesellschaften geplant.

Karin hat bei eigenen Recherchen feststellen müssen, dass in dieser sehr karg aussehenden Landschaft die landwirtschaftlichen Flächen preiswert zu erwerben sind.

Die kleinen Bauern haben kaum noch die Möglichkeit große Mengen Obst, Gemüse und Oliven an die Genossenschaften zu liefern, wie sie von ihnen gefordert werden.

Ein weiterer Grund für die Investoren der Landkäufe sind die heißen Quellen von Alhama de Granada.

Das Interesse der Investoren ist sehr groß, tiefer im Gestein Quellen mit warmem Wasser zu finden und spezielle Heilwasser zu vermarkten.

Gegebenenfalls könnte man sogar den Tourismusstrom hierher lenken.

In Zukunft ist es geplant die Provinz Granada mit dem Ausbau des Hafens von Motril für mehr Kreuzfahrtschiffe interessanter zu machen.

Karin macht sich nach den Kurzbesuchen in Alhama de Granada und Jatar, auf den Weg in das Dorf Arenas del Rey.

Das in fast 900 Meter Höhe gelegene Bergdorf lebt hauptsächlich vom Weinanbau.

Der in der Nähe von Arenas del Rey liegende Bergstausee Los Bermejales, sorgt für die ausreichende Wasserversorgung der Anbaugebiete.

Karin trifft sich hier mit dem Bürgermeister des Dorfes.
Bezeichnenderweise heißt der Bürgermeister mit Familiennamen Oliva.
Sie treffen sich in der einzigen Cafe Bar des Ortes am Plaza Alfonso.

Der Bürgermeister spricht mit Karin über die bevorstehenden Entwicklungen in seinem kleinen Dorf.

„Viele der kleinen Bauern, die nur ihre Familien ernähren konnten, haben in den letzten Jahren und Monaten das Handtuch geschmissen, da sie mit ihren angebauten Weintrauben nicht mehr die

Bedürfnisse der vermarktenden Genossenschaften erfüllen konnten.

Lediglich in den Frühjahrs-, und Herbstmonaten konnten sie von den Verkäufen an die Touristen und Wanderer kläglich leben."

Der Bürgermeister blickt traurig aus seinen Augen.

Schließlich war er nach seinen Worten „In diesem wunderschönen Dorf" geboren und aufgewachsen. Lediglich sein Studium in Granada hätte den Verbleib im Dorf für acht Jahre verkürzt.

Der Bürgermeister Oliva spricht weiter:
„Seit dieser Zeit haben immer mehr Familien den Ort verlassen und ihre Ländereien zum Kauf angeboten.

Seltsamerweise hatte sich bis vor kurzem niemand für diese Ländereien interessiert.

Doch vor kurzem kamen ein paar Herrschaften aus Cordoba in die Provinz Granada und versuchten, die Eigentümer der Ländereien ausfindig zu machen."

In diesem Moment verzieht der Bürgermeister sein Gesicht und blickt nachdenklich in die Luft.

„Aus Gründen des Datenschutzes konnten wir von
Seiten der Gemeinde keine Angaben zu den Fragen
der Herrschaften machen.
Ein paar Tage später kamen die Herrschaften
wieder und plakatierten das Dorf mit dem Hinweis
auf ein kostenfreies Fest mit Bewirtung.
Da hier oben nicht so viel Abwechslung herrscht,
folgten viele Bewohner dieser Einladung hier auf
dem Plaza!“

„Das klingt ja dreist!“

Karin schaut mit nachdenklichem Blick auf das
Denkmal auf dem Plaza.

„Den Gedanken hatte ich auch zuerst,“ sagte der
Bürgermeister. „Allerdings wollte ich den
Dorfbewohnern nicht verwehren an dieser Feier
teilzunehmen. Ein ähnliches Vorgehen der
Investorengruppe gab es gleichzeitig in den
Nachbargemeinden Jatar, Alhama de Granada,
Cacin und Santa Cruz del Comercio!“

„Das klingt sehr organisiert!“

„Ja, das tut es. Ich habe mit meinen Kollegen und
Kolleginnen aus den Bürgermeisterämtern
gesprochen, die mir diese Vorgehensweise bestätigt
haben.“

„Waren sie bei der Veranstaltung in ihrem Dorf
dabei?"

„Ja natürlich! Als Bürgermeister muss ich doch
informiert sein!"

„Welche Themen und was wurde den Anwesenden
vorgestellt?"

„Den Dorfbewohnern wurde auf einer großen
Leinwand die Zukunft der Region aus der Sicht der
Investoren gezeigt!
Erstens: Was passiert, wenn sich nichts ändert.
Danach wurde ihnen gezeigt, was die Investoren
mit Ländereien, Quellen und Zugriff auf den
Stausee aus dieser Region machen würden.
Blühende Landschaften und gute
Einkommensmöglichkeiten. Alle in allem, war es
eine perfekte Präsentation", erklärt der
Bürgermeister weiter.

„Sie haben Köder ausgeworfen, um die Menge zu
fischen!"

Karin hat den bestätigenden Blick bei ihrer Aussage.

„Und was haben die Investoren getan, um mit den
Dorfbewohnern weitere Kontakte zu knüpfen?"

„Sie haben an die Dorfbewohner einen sogenannten „Interessenten- und Auskunftszettel" ausgehändigt.

Wer an weiteren Informationen zu Kaufangeboten Interesse zeigt, der könne die Zettel ausfüllen und den Investoren zukommen lassen.
Nach zirka 14 Tagen würden die Interessenten privat aufgesucht und ihnen wird ein persönliches Angebot unterbreitet.
Gerne könnten auch mehrere Dorfbewohner gleichzeitig anwesend sein!"

„Wissen sie vielleicht, wie die Inhalte der Gespräche waren?"

„Nein, das kann ich ihnen nicht sagen. Die Veranstaltung war erst in der letzten Woche!"

„Das würde bedeuten, dass die Gespräche in zirka einer Woche beginnen."

„Ja, dass könnte in etwa hinkommen!"

„Sagen sie, Herr Bürgermeister!
Auf diesem kleinen Fest, waren nur Investoren anwesend oder auch andere Personen aus der Politik. Vielleicht zufällig aus den Nachbarregionen?"

„Ja, es waren auch einzelne Personen aus der
Politik, aus der Energiebranche und nach meiner
Meinung Abgeordnete aus dem andalusischen
Wirtschaftsministerium anwesend!"

„Haben sie sich ein paar Namen gemerkt, oder ist
ihnen jemand besonders aktiv aufgefallen?"

„Ja, da war eine Dame aus Cordoba,
Perez mit Nachnamen, und ein Mitarbeiter aus dem
andalusischen Ministerium, der sich Corduado
nannte. Beide sind mir besonders aufgefallen, da
sie sehr bestimmend wirkten!"

Karin schaut verwundert.

Frau Perez? War es etwa die Witwe von Jaime
Perez? Sie zeigte dem Bürgermeister ein Foto von
ihr.
„Ist es diese Dame gewesen?"

Der Bürgermeister nickt bejahend.

Karin zeigt sich immer noch erstaunt! Warum war
jetzt plötzlich Frau Perez in dieser Gruppierung der
Investoren?

„Herr Bürgermeister Oliva, ich bedanke mich für
ihre sehr informativen Ausführungen und
Informationen!"

„Gerne geschehen, Frau van den Buur.
Was denken sie? Wie geht es jetzt weiter?"

„Wenn sie die Zeit aufbringen könnten, dann würde
ich gerne übermorgen noch einmal zu ihnen
kommen, um weitere Einzelheiten vor den
anstehenden Gesprächen der Herrschaften mit den
Dorfbewohnern zu besprechen.

Schön wäre es, wenn sie bis dahin einen
Interessenten ausfindig machen könnten, der ihnen
ganz besonders vertraut. So kommen wir an die
nötigen Informationen!"

„Das werde ich für sie arrangieren.

Sagen sie, Frau van den Buur.
Warum interessieren sie sich so für die gesamten
Vorgänge in unserer Region?"

„Das ist eine lange und komplizierte Geschichte.

Ich kann ihnen insoweit Auskunft geben, als das
sich die gesamte Szenerie so schon in anderen
Gebieten Andalusiens zugetragen hat.
Mehr möchte ich ihnen dazu nicht sagen, da sie
sonst verwirrt sind. Sie können mir vertrauen. In ein
paar Wochen werden sie das Ganze verstehen!"

Karin verabschiedet sich von Bürgermeister Oliva
und fährt zuerst einmal wieder nach Salares.

Dort kann sie die gesammelten Informationen besser aufbereiten.

Die Rückfahrt nach Salares führt sie durch die kurvigen Straßen der Sierra Tejeda.

Immer wieder schaut sie in den Rückspiegel, ob sie kein auffallendes Auto verfolgt. Schließlich war sie nun wieder einmal nah dran am Geschehen und konnte für die Inverstoren ungemütlich werden.

Karin verbringt den Abend mit Madalena auf der Dachterrasse bei ein paar Tapas und einem Glas Tinto de Verano.

Sie unterhalten sich nur kurz über den heutigen Tag und die Erlebnisse von Karin.
Vielmehr interessiert beide das Konzert von Bonnie Tyler in Marbella.
Madalena hatte das Konzert ins Gespräch gebracht.
Sie spielt zur Einstimmung Songs von Bonnie Tyler auf ihrem Handy ab.

Beide fühlen sich zurückversetzt in ihre Jugend und sprechen begeistert über ihre damaligen Erlebnisse.

Sie lachen viel und können sich köstlich über alte Bilder von Madalena aus dieser Zeit amüsieren.

Madalena will sich darum kümmern, für den Auftritt von Bonnie Tyler in Marbella Karten zu bekommen.

Am nächsten Morgen, Karin ist noch müde vom langen Gespräch mit Madalena, sortiert sie ihre Notizen vom gestrigen Tag.

Ihr kommt dabei der Gedanke noch einmal mit Herrn Gutierrez von der Kripo in Malaga zu telefonieren. Sie nimmt ihr Handy und ruft ihn an.

„Hallo Herr Gutierrez, hier spricht Karin van den Buur.“

„Guten Tag, Senora van den Buur! Was kann ich für sie tun?“

Karin berichtet Kommissar Gutierrez im weiteren Verlauf des Telefonats, von ihren Begegnungen und Gesprächsinhalten mit Bürgermeister Oliva aus dem Dorf Arenas del Rey.

Kommissar Gutierrez lauscht gespannt ihren Worten am anderen Ende der Leitung,

„Ja und nun meine Frage, Kommissar Gutierrez! Wollen wir in der Sache beide zusammenarbeiten?

Wir bekommen sicherlich eine Menge Informationen, die weiter Licht ins Dunkel aller Vorgänge bringen könnten.“

„Liebe Senora van den Buur. Geben sie mir 24 Stunden Zeit, das Gespräch mit ihnen sacken zu lassen und gegebenenfalls eine positive Entscheidung zu treffen.
Ich möchte die Angelegenheit vorher mit meinem Vorgesetzten besprechen, inwieweit wir in der Provinz Granada tätig sein dürfen.

Sie müssen wissen, dass wir aufgrund unserer Ermittlungen im Fall von Antonio und seinem Bekannten, in der Provinz Cadiz erhebliche Schwierigkeiten mit dem Innenministerium Andalusiens bekommen haben.“

„Ooh, das hätte ich jetzt nicht gedacht,“ erwidert Karin kleinlaut.

„Machen sie sich keine Gedanken! Wir haben schließlich ihren persönlichen Fall mit ins Spiel gebracht und dem Innenministerium die verzahnten Vorgänge darstellen können.
Wir müssen nur den korrekten Weg in der gesamten Angelegenheit gehen.“

„Ja, das verstehe ich zu gut! Melden sie sich morgen bei mir?“

„Auf jeden Fall!
Ich bin selbst interessiert an der Aufklärung der
Todesfälle in den anderen Regionen.
Morgen melde ich mich bei ihnen, Senora van den
Buur! Auf Wiederhören!"

Karin ist erleichtert, dass Kommissar Gutierrez auf
ihre Fragen eingegangen ist.

Nur zu gut erinnert sich an die ersten Tage ihrer
Recherchen, die damit begonnen hatten in Trapiche
auf dem Investorengipfel als Bedienung zu arbeiten.

Jetzt war sie so weit in die brutalen
Machenschaften der EU, dem Staat und den
globalen Konzernen eingedrungen, dass sie
Lösungen herbeiführen wollte.

Karin erkennt, dass aufgrund der veränderten
politischen Situationen, hauptsächlich seit 2020,
nur noch die Interessen der Mächtigen im
Vordergrund standen.

Sie sehnt sich nach Ruhe. Den Anfang sollte der
heutige Tag machen, auch wenn es schon fast
Mittag ist.

Sie liegt im Liegenstuhl auf ihrer Dachterrasse und
schaut entspannt an den Himmel, als ihr Handy
klingelt. Der Anrufer ist Bürgermeister Oliva aus
Arenas del Rey.

„Hallo Senora van den Buur!

Es ist schon so weit!

Heute Abend sollen mit vier Dorfbewohnern die
ersten Gespräche mit den Investoren stattfinden!“

„So schnell?
Wie kann das sein?
Was erwarten sie jetzt von mir?“

„Sie sollten unbedingt dabei sein.
Ein Freund von mir wird Gastgeber der Gespräche
mit den Investoren sein und sie als seine
Rechtsberaterin vorstellen. Natürlich mit ihrem
richtigen Namen!“

„Was?
„Sie wollen mich als Rechtsberaterin ihres Freundes
vorstellen?
Glauben sie allen Ernstes daran, dass ich für diese
Leute unbekannt bin?
Nein, wenn dann als Unterstützung bei Fragen aller
Dorfbewohner im Gespräch mit den Investoren!“

„Gut, so können wir es machen! Wann können sie
hier sein?“

„Es ist jetzt 14.38 Uhr. So gegen 16.30 Uhr?“

„Perfekt! Die Herrschaften wollen gegen 17.00 Uhr hier erscheinen."

„Gut und vielen Dank für ihren Anruf, Herr Bürgermeister. Dann sehen wir uns gegen 16.30 Uhr!"

Karin springt schnell unter die Dusche.

Es wird also spannend!

Sie kann direkt bei den ersten konkreten Gesprächen dabei sein.
Um nicht direkt aufzufallen, zieht sie sich ein blaues Kostümkleid an. Passend dazu ein weißblaues Halstuch und blaue Pumps.
Die Spanierinnen sind bekannt dafür sich zu besonderen Anlässen gut zu kleiden.

Gegen 16.30 Uhr trifft sie im Rathaus von Arenas del Rey ein.

„Hallo Herr Bürgermeister! Wo wird das Treffen stattfinden?"

„Hallo Senora van den Buur! Wir treffen uns gegen 17.00 Uhr auf der Hazienda meines Freundes Fernando."

Sie fahren beide mit ihren Autos zur Hazienda von Fernando.

Fernando der Freund des Bürgermeisters, hat eine
großen Tafel herrichten lassen.

„Guten Tag Senora van den Buur.
Ich bin Fernando Diaz. Nehmen sie doch bitte
neben mir Platz.“
Er begrüßte Karin mit einem angedeuteten
Handkuss.
Fernando nimmt den Stuhl vom Tisch und schiebt
ihn Karin langsam unter.
Sie setzt sich vorsichtig.
Ganz sanft streicht sie mit flacher Hand über das
wunderschöne Leinentischtuch.
Ihre Augen funkeln.
So ein schönes Tischtuch hat sie zuletzt in ihrer
Kindheit bei ihrer Oma gesehen.

„Hola, Senor Diaz! Mein Name ist Karin van den
Buur. Nennen sie mich einfach Karin.“

„Gerne doch! Wenn sie mich einfach Fernando
nennen.

Darf ich ihnen etwas anbieten? Ein Glas Rotwein?“

„Vielleicht später! Lass uns zuerst die wichtigen
Dinge mit den zu erwartenden Investoren mit
klarem Kopf erledigen!“

„Da hast du sicher recht! Möchtest du einen Kaffee
und etwas Mineralwasser?"

„Ja, gerne doch!"

Fernando war ein großer stattlicher Mann.
Er hat eine sehr gute Ausstrahlung für sein Alter.

Vielleicht war er Anfang 60 oder so?

Karin verspürt, dass sie etwas irritiert, war von
Fernando!
Sie spürt ein leichtes Kribbeln in der Magengegend.
Damit hatte sie niemals gerechnet.

Bürgermeister Oliva und Fernando begrüßen nach
und nach die anderen Grundstücksbesitzer aus dem
Dorf.
Pünktlich gegen 17.00 Uhr erscheinen die
Investoren bei Fernando.
Sie bauen eine kleine Leinwand auf.

Mit Hilfe eines modernen kleinen Beamers, bringen
sie ihre Präsentation auf die Leinwand.

Zu Karins Überraschung erscheint Senora Perez auf
der Hazienda.
Sie nimmt die Präsentation der Investoren vor.

Insgesamt sind es sechs Personen von Seiten der
Investoren, die zur Präsentation erschienen waren.

Senora Perez fragt Bürgermeister Oliva, warum
Senora van den Buur zugegen sei.

In diesem Moment eilt Fernando heran und teilt
Senora Perez mit, dass Karin seine Freundin sei.

Karin erstarrt fast zur Eis Säule.

Hatte sie richtig gehört?

Fernando hat sie als seine Freundin präsentiert?

Um die Veranstaltung nicht zu gefährden, nimmt
sie die Äußerung von Fernando zuerst einmal hin.

Senora Perez beginnt mit ihrer Präsentation.

Karin erkennt, dass es wie in den anderen
Provinzen um Photovoltaikanlagen und
Energieumspannwerke ging.
Allerdings setzten die Investoren hier nicht nur auf
produzierende Industrie, sondern auch auf den
Tourismus.

Senora Perez stellt anschließend die Investoren vor.
Und den Notar und den Bevollmächtigten des
Grundbuchamtes der Provinz Granada.

Sie bittet die Anwesenden darum, die
vorgefertigten Kauferträge gewissenhaft
durchzulesen.

Um die angespannte Stimmung etwas aufzulockern,
steht Karin auf und bringt einen Toast auf die gute
Präsentation von Senora Perez aus.

Anschließend steht Fernando auf, klatscht kurz in
die Hände, um die Aufmerksamkeit zu erlangen.

„Ich habe Getränke und Tapas auf der Terrasse für
sie alle servieren lassen. Gehen wir doch einen
kleinen Moment nach draußen und machen in einer
halben Stunde weiter!"

Die gesamte Gesellschaft folgt ihm auf die Terrasse.
Dort unterhalten sich alle bei köstlichen Tapas und
Getränken.

Karin nimmt Fernando kurz zur Seite.

„Fernando, wie kannst du mich als deine Freundin
vorstellen?"
Er lächelt und sagte: „Was nicht ist, kann ja noch
werden."
Karin errötet bei diesen Worten und lächelt.

Senora Perez kommt dazu und fragt Fernando nach
einer Toilette.

Fernando weist ihr den Weg.

Kurze Zeit später geht Karin ebenfalls zur Toilette.
Sie muss allerdings an der Tür warten.
Senora Perez scheint auf der Toilette zu
telefonieren.

Sie unterhält sich angestrengt mit einer
unbekannten Person. In dem Gespräch fällt hörbar
Karins Name.
Karin versteht leider nur Bruchstücke. Um nicht
aufzufallen, zieht Karin es vor, die Toilette in der
oberen Etage des Wohnhauses der Hazienda zu
benutzen.

Auf dem Weg dorthin kommt sie am Arbeitszimmer
von Fernando vorbei. Auf dem Schreibtisch steht
das Bild einer hübschen Frau. Allerdings ist der
Bilderrahmen mit einem schwarzen Band verziert.
Sollte das die Frau von Fernando sein dort auf dem
Bild? Das schwarze Band deutet auf einen Todesfall
hin...

Karin geht schnell zur Toilette und behält den
Gedanken erst einmal für sich. Es solle gegenüber
Fernando nicht so wirken, als sei sie neugierig.

Eine gute halbe Stunde später sitzen alle
gemeinsam am Tisch, um ihre Gespräche
fortzusetzen.

Die Grundstücksbesitzer sind nun vertieft in die Vertragsunterlagen. Die ersten Reaktionen sind durchweg positiv.
Karin hat ebenfalls die Gelegenheit, die Vertragsunterlagen zusammen mit Fernando zu studieren.
Es sind exakt die Verträge, die in den anderen Provinzen angewandt worden sind.

Nach einiger Zeit steht Senora Perez auf und erklärte kurz das weitere Prozedere.

„Sie alle haben die Verträge nun gelesen.
So wie sie sich im Vorfeld unseres Treffens Gedanken gemacht haben, ob sie ihre Grundstücke an uns verkaufen.
Aufgrund der Dringlichkeit der gesamten Projekte, möchte ich sie bitten, die Verträge im Beisein des Notars und des Mitarbeiters des Grundbuchamtes zu unterzeichnen!"

Die meisten nicken zustimmend. Nur Karin, die neben Fernando sitzt, gibt den Verkäufern zu bedenken, dass man solche schwierigen Entschlüsse sacken lassen müsste. Die Zustimmung der Verkäufer ist sichtbar. Sie bitten Senora Perez um etwas Zeit bis zum Ende der Woche.

Dieser Einwand gefällt Senora Perez und den anderen Investoren gar nicht, das zeigt der Ausdruck auf ihren Gesichtern.

Senora Perez verschwindet mit den Investoren und Fernando im Nebenzimmer. Nach einer Weile der Beratung, lenken sie ein. Sie vereinbaren für die endgültige Vertragsunterscheidung einen festen Termin am nächsten Samstag um 14.00 Uhr.

Fernando bringt die Gruppe der Investoren und Senora Perez zu ihren Fahrzeugen. Dort verabschiedet er sie.

Karin und die anderen Gäste folgen kurz darauf, um sich zu verabschieden.

„Das ist aber schade, dass du schon gehen willst", sagt Fernando und hält dabei Karins Hand.

„Es tut mir leid Fernando. Ich muss leider zurück nach Salares."
„Bitte bleib doch noch auf ein Getränk!"
Fernando schaut mit einem verzückten Hundeblick.

Karin verzieht fragend den Mund. Hat sie es richtig verstanden und gesehen?

Fernando hat sie zum Verbleib auf seiner Hazienda eingeladen?

Schon wieder verspürte sie einen kleinen
Blutdruckanstieg.
Sie will sich in ihrem Alter nicht mehr die Blöße
geben, sich wie eine 20jährige zu verhalten.

Mit einem klaren und bestimmten
„Na klar bleibe ich noch", dreht sie sich in Richtung
Fernando und geht an ihm vorbei auf die Terrasse.

Schließlich will sie ihm mit dieser Geste zeigen, wer
ab jetzt die Führung übernimmt!

Es kommt alles wie es kommen muss.

Fernando bittet sie vom Gartenstuhl in die
Hollywoodschaukel. Von dort aus können beide den
nahen Sonnenuntergang über den Berggipfeln
betrachten.
Karin kann sich nicht gegen die charmante Art von
Fernando wehren und rutscht näher an ihn heran.

Auf dem Bestelltisch neben der Hollywoodschaukel
stet der große Weinkühler voller Eiswürfel mit einer
guten Flasche Rotwein darin.
Fernando öffnet die Weinflasche und füllt zwei
Weingläser nur leicht und reicht Karin eins davon.

„Salud, liebe Karin. Trinken wir auf uns und eine
schöne Zeit!"

Karin erhebt ihr Glas und stößt mit Fernando an.

Sie unterhalten sich sehr intensiv über die
geschäftlichen Dinge, die sie beide verbinden.

Fernando kommt aus dem Staunen über Karins
Aussagen nicht mehr heraus.
Die Zeit vergeht wie im Flug.
So nach und nach leert sich auch die Weinflasche.

Als Karin nach einiger Zeit aufsteht, um zur Toilette
zu gehen, merkt sie plötzlich, dass sie leicht
angetrunken ist.
Wie ein Blitz schießt es ihr durch den Kopf, dass sie
nun nicht mehr mit dem Auto fahren kann.
Sie hat in diesem Moment nicht die richtigen Worte
parat.

„Ich gehe kurz zur Toilette und komme gleich
wieder!"

„Ja liebe Karin, lass dir Zeit", sagt Fernando und
greift nach seinem Handy. Sicher will er nur einmal
seine Nachrichten checken.

Karin hat das Gefühl bei jedem ihrer Schritte zu
wanken.
Sie geht zur Toilette und betrachtete sich im
Spiegel.
Ist ihr der Wein so zu Kopf gestiegen?

Sie fühlt sich immer schwächer und sinkt plötzlich
neben dem Waschbecken in sich zusammen.

Am nächsten Morgen wacht Karin in einem Bett
auf, dass ihr vollkommen unbekannt ist .
Sie lässt ihre Blicke langsam durch dem Raum
schweifen, in dem sie sich befindet.

Der Raum ist karg eingerichtet und hat kein
Fenster.
Lediglich eine weiße Türe auf der rechten Seite.
Nichts ist zu hören.
Neben dem Bett ist ein Waschbecken ohne Spiegel.
Es hängen frische Handtücher neben dem
Waschbecken.
Hinten links in der Ecke ist eine Dusche.
Oben, an den Rändern der Wand, sieht sie kleine
Lüftungsgitter.

Was ist mit ihr geschehen?

An der Wand hängt ein Fernseher. Darunter steht
ein alter Videorecorder.
Sie kann sich an kaum etwas erinnern.
Lediglich daran, dass sie mit Fernando in der
Hollywoodschaukel gesessen hatte. Wo zum Teufel
war Fernando jetzt. Wo war sie?

Jemand klopft an der Tür und ein Rähmchen öffnet
sich.

Durch das Rähmchen erkennt Karin ein junges
Frauengesicht.
Die junge Frau reicht ihr einen Zettel auf dem steht:

Sehr geehrte Senora van den Buur!
Sie sind nun für einige Zeit Gast in einem Haus,
dass sie nicht kennen und das anderen Personen
ebenso verborgen bleibt.
Wir stellen ihnen die Räumlichkeiten so lange zur
Verfügung, bis wir unsere gesamten
Geschäftstätigkeiten abgeschlossen haben.

Wie lange ihr Aufenthalt dauern wird, können wir
ihnen momentan nicht mitteilen.

Sie werden in dieser Zeit von der jungen Dame, die
ihnen den Zettel gebracht hat, versorgt.
Die junge Dame ist stumm.
Damit sie in der verbleibenden Zeit etwas
Abwechslung haben, wird sie ihnen täglich einen
Videofilm und ein Kreuzworträtsel bringen. Ebenso
werden sie drei Mahlzeiten am Tag erhalten und
mit Getränken versorgt.
Zu gegebener Zeit werden wir ihnen ein paar
Vorschläge machen, wie ihre weitere persönliche
Zukunft aussehen könnte.

Karin liest den Zettel dreimal.
Sie kann es nicht glauben.
War sie etwa entführt worden?

Einige Tage vergehen.

Mittlerweile hat Madalena ihre Freundin Karin bei
der Polizei als vermisst gemeldet.
Die Vermisstenmeldung führt dazu, dass Kommissar
Gutierrez mit ins Spiel kommt.
Er sucht Madalena in ihrer Wohnung in Salares auf.

„Hola, Senora Madalena.
Ich darf mich vorstellen!
Mein Name ist Gutierrez vom Kommissariat in
Malaga.
Können sie mir Einzelheiten nennen zu ihrer
Vermisstenmeldung?
Können sie sich an kleine Details erinnern, die mit
dem Verschwinden von Fau van den Buur
zusammenhängen könnten?“

„Ich weiß leider nichts“, stammelt Madalena
traurig.

„Gibt es einen Anhaltspunkt, der uns weiterhilft, wo
wir nach Frau van den Buur suchen könnten?“

„Es tut mir leid, ich weiß wirklich nicht viel.
Um genau zu sagen: Ich weiß nichts!
Karin und ich, wir hatten uns am Abend vor ihrem
Verschwinden ein wenig über ihre momentane
Arbeit unterhalten.

Danach sprachen wir nur über dies und das. Wir kamen auf die Idee zu einem Konzert von Bonnie Tyler im Steinbruch von Marbella zu fahren.
Ich sollte Karten besorgen.
Sie hatte wohl noch erwähnt, dass sie Sie am nächsten Morgen anrufen wollte!"

„Das hat sie auch getan. Sie hat mir vorgeschlagen bei den Verhandlungen mit Investoren in der Provinz Granada teilzunehmen.

Dieses Treffen sollte erst in den kommenden vierzehn Tagen stattfinden.

Hat sie ihnen nicht gesagt, wohin sie anschließend fahren wollte?"

„Ich habe sie lediglich am Nachmittag gegen 15.00 Uhr in ihr Auto steigen sehen. Sie hatte sich extra hübsch gemacht und ihr blaues Kostüm und die Pumps angezogen. Das hat sie sonst nur zu besonderen Anlässen getragen!"

„Verdammt, wir haben nicht den geringsten Schimmer, wo wir mit der Suche nach ihr ansetzen sollen.
Hinzu kommt die Schwierigkeit, dass wir uns nicht ohne klaren Befehl des Polizeipräsidenten in anderen Provinzen aufhalten dürfen. Denn sie war zuletzt in der Provinz Granada mit ihren Nachforschungen beschäftigt!"

„Die Situation ist für mich schrecklich. Ich kann seit Tagen nicht klar denken", sagt Madalena mit hochrotem Kopf.

„Gut, gehen wir langsam noch einmal ein paar Gedankengänge ihres letzten Gespräches mit Frau van den Buur, durch."

Madalena und Kommissar Gutierrez versuchen die Worthülsen auseinanderzunehmen.

Im Ergebnis sind es nur die kargen Informationen, die Kommissar Gutierrez aus dem gemeinsamen Telefongespräch am Tag von Karins Verschwinden nehmen kann.
Karin ist im Dorf Arenas del Rey gewesen.
Sie hatte dort ein Gespräch mit dem Bürgermeister.

Von dort war sie am gleichen Tag nach Salares zurückgekehrt. Am nächsten Tag verließ Karin ihren Wohnort Salares mit unbekanntem Ziel.

„Ich muss Kontakt aufnehmen zum Bürgermeister von Arenas del Rey.
Vielleicht kann er ein wenig Licht ins Dunkel bringen."
Kommissar Gutierrez verabschiedet sich von Madalena und verspricht ihr, sie zu informieren, sobald es Fortschritte zum Verschwinden von Karin gibt.

176

Karin liegt auf dem Bett des karg eingerichteten Zimmers.
Ihr gehen viele Gedanken durch den Kopf.

Hatte sie richtig gelesen, dass man sie erst einmal aus dem Verkehr gezogen hat?
Jetzt wird ihr langsam klar, was man ihr immer wieder unmissverständlich in den letzten Wochen ihrer Recherchetätigkeit mitgeteilt hatte.
Sie solle sich aus den Geschäften der Investoren aus der Energiewirtschaft heraushalten!

Ihre jetzige Situation ist also die Quittung ihrer Unbeugsamkeit.

Um besser ihre Lage zu verstehen, versucht sie die vergangenen Tage zusammenzufassen.

Allerdings kann sie sich nicht daran erinnern, was ihr an dem Abend vor zwei, drei oder vier Tagen geschehen war.
Sie kann noch nicht einmal sagen, welcher Tag heute ist.
Sie hat große Erinnerungslücken.
Den einzigen Kontakt den Karin hat, ist die stumme Dame, die sie so gut es nur ging versorgte.

Die Uhr und das Handy hatte man Karin entzogen.

So kann sie nicht mehr verfolgen, welcher Tag und
welche Uhrzeit es ist.

Nach einiger Zeit öffnet sich wieder das Rähmchen
in der weißen Tür.
Die stumme junge Dame reicht Karin einen Teller
mit Paella und eine Flasche Mineralwasser.
Karin versucht mit Handzeichen eine Beziehung zu
der jungen Dame aufzubauen.
Doch die junge Dame behält ihren kalten
Gesichtsausdruck und schließt das Rähmchen
wieder von außen.

Kommissar Gutierrez, mittlerweile wieder in seinem
Büro in Malaga eingetroffen, hatte auf der Fahrt
schon telefonisch um einen persönlichen
Gesprächstermin mit dem Polizeipräsidenten
gebeten.

Bis zum vereinbarten Termin mit dem
Polizeipräsidenten schaut er sich in der internen
digitalen Korrespondenz den bisherigen Vorgang
zur Vermisstenmeldung von Frau van den Buur an.

Wie zu erwarten war, taucht die
Vermisstenmeldung nicht an höchster Stelle der
Vermisstenliste auf.
Dies geschieht sehr oft, wenn es um ausländische
Bürger in Spanien geht.
In der digitalen Akte sind wenig Informationen zu
lesen.

Lediglich der Verweis, dass die Vermisstenmeldung
an alle Polizeidienststellen in Andalusien verteilt
wurde, war vorhanden. Sonst nichts weiter!

Der Termin beim Polizeipräsidenten steht an.

Kommissar Gutierrez und sein Chef unterhalten sich
sehr angestrengt über die ganze Geschichte, die
sich rund um Frau van den Buur dreht.

Immer wieder taucht in der Argumentation die
Schwierigkeit auf, außerhalb der Provinz Malaga
Untersuchungen in irgendwelchen Fällen
durchzuführen.

„Sehen sie, Kommissar Gutierrez.
Bei ihren letzten Ermittlungen in den Provinzen
Cadiz, Sevilla und Cordoba waren sie aufgrund ihres
selbstständigen Vorgehens nicht gerne gesehen.
Sie hätten die zuständigen Behörden über ihre
Ermittlungsarbeiten vorher informieren müssen!“

„Herr Polizeipräsident!
Es war mir bewusst, dass ich diesen Weg hätte
gehen müssen. Doch die gesamten Umstände der
Todesfälle und der Verbindungen in ein völlig neues
Wirtschaftsgebiet, ließen mir keine andere Wahl.

In all diese Vorgänge sind nicht nur fremde
Personen verwickelt, sondern auch Kollegen und
bekannte Persönlichkeiten aus der Politik des

autonomen Landes Andalusien. Daher habe ich
meine Vorgehensweise als richtig empfunden!"

„Sie sind tatsächlich der Meinung, dass Kollegen
von uns in den anderen Provinzen in diese
Vorgänge involviert sind?
Ich erinnere mich daran, dass sie vor ein paar Tagen
den Wunsch in anderen Provinzen schon einmal an
mich herangetragen haben. Gibt es zwischen
beiden Anfragen einen Zusammenhang?"

„Ja sicherlich! Ich sollte die mittlerweile als vermisst
geltende Frau van den Buur in die Provinz Granada
zu einem Treffen von Investoren und
Persönlichkeiten aus der Energiewirtschaft
begleiten!"

„Hmmh, das gibt mir zu denken!" Der
Polizeipräsident schaut zögerlich aus dem Fenster.

„In Ordnung!

„Ich werde mit den Kollegen in den anderen
Provinzen sprechen, dass wir für ca. 4 Wochen in
ihrem Zuständigkeitskreis verdeckt ermitteln
werden.

Einen größeren Zeitraum kann ich Ihnen nicht
gewähren.
Sie können einen vertrauensvollen Kollegen für ihre
Arbeit hinzuziehen.

Offiziell sind Sie beide für vier Wochen auf
Fortbildung in den Polizeistationen der anderen
Provinzen.
Diese Absprachen und alle weiteren Absprachen
bleiben unter uns!
Alle Angaben und Details zu ihrer Vorgehensweise
und ihren Ergebnissen teilen sie ausschließlich mit
mir.
In den internen digitalen Kanälen schreiben sie
einmal wöchentlich ihren Bericht darüber, wo sie
gewesen sind.
Keine weiteren Details, die zu unnötigen Fragen
führen könnten.
Die Informationen und Details befinden sich bei mir
in guten Händen.“

Kommissar Gutierrez steht auf und pustet kräftig
durch.

Jetzt hatte er die offizielle Erlaubnis zu ermitteln. Er
nimmt sich wie gewohnt seinen Kollegen Alejandro
Ramirez an seine Seite.

Die ersten Ermittlungen führen die beiden
Kommissare nach Arenas del Rey ins
Bürgermeisteramt.

Sie haben Glück und treffen Bürgermeister Oliva an.

Sie sprechen mit ihm über seine Begegnung mit
Karin van den Buur.

Der Bürgermeister bestätigt das Gespräch mit Karin
auf dem Plaza.
Er teilt den beiden Kommissaren weiter mit, dass
Karin van den Buur auf seine Bitte hin, am nächsten
Tag zum Treffen mit den Investoren gekommen ist.

Er erläutert kurz die Veranstaltung und übergibt
den Kommissaren eine Liste mit allen Anwesenden,
die bei seinem Freund Fernando auf der
Veranstaltung gewesen sind.

Kommissar Gutierrez fährt mit seinem Kollegen zur
Hazienda von Fernando. Sie treffen ihn nicht direkt
an.
Seine Hausangestellte öffnet die Tür, teilt ihnen
jedoch mit, dass er in zirka einer Stunde
zurückerwartet wird.

In der Zwischenzeit gehen die Kommissare auf die
Plaza und trinken dort einen Kaffee.
Nach einer Stunde sind sie wieder zurück auf der
Hazienda von Fernando, den sie nun dort antreffen.

„Hola, Señor Fernando! Wir sind zwei Kommissare
der Guardia Civil. Wir suchen Senora Karin van den
Buur. Sie soll zuletzt bei ihnen gewesen sein.
Können sie uns etwas dazu sagen?"

Fernando schaut überrascht. „Senora van den Buur
war vor einigen Tagen auf meiner Hazienda. Das ist
richtig!
Der Besuch stand im Zusammenhang mit dem
Besuch von Investoren und Landverkäufern!"

„Genau! Auf diesem Wissensstand sind wird
ebenfalls.
Bürgermeister Oliva hat uns die Information
gegeben, dass Senora van den Buur nach der
Veranstaltung bei ihnen geblieben ist.
Ist das richtig?"

„Sie haben Recht," antwortet Fernando.
„Karin ist nach der Veranstaltung noch einige Zeit
bei mir geblieben."

„Wann hat sich Frau van den Buur bei ihnen
verabschiedet?"

„Sie hat sich nicht bei mir verabschiedet!

Wir saßen zu zweit draußen im Garten und haben
etwas Wein getrunken und über die Landaufkäufe
gesprochen.

Nach einiger Zeit ist sie aufgestanden und zur
Toilette gegangen.
Ich habe ihr noch den Weg erklärt.
Als sie nach einiger Zeit nicht zurückkam, bin ich ins
Haus gegangen und habe nach ihr gesucht.

Sie war nirgends zu finden.
Ich habe in allen Räumen nachgeschaut.
Meine Haushälterin war zu diesem Zeitpunkt schon
gegangen.
Das Auto von Karin stand nicht mehr auf dem Hof
der Hazienda.
Da habe ich mir gedacht, dass sie aus irgendeinem
Grund gefahren ist."

„Sie wollen uns damit sagen, Frau van den Buur ist
gegangen, ohne sich bei ihnen zu verabschieden?
So etwas ist normalerweise nicht ihre Art.
Sie ist immer sehr höflich und würde nie gehen,
ohne sich zu verabschieden.
Es sei denn, sie hatte Angst!"

„Angst?" Fernando schaut fragend. „Vor wem
sollte sie Angst gehabt haben?"

„Das wissen wir nicht. Allerdings kann Angst ein
großes Motiv sein, damit man einen Ort, an dem
man sich unwohl fühlt, zu verlassen. Die meisten
Menschen mit Angstgefühlen machen sich nicht
bemerkbar."

Fernando hebt fragend seine Arme und Hände
hoch.

„Ich habe keine Angst in ihren Augen erkennen
können. Im Gegenteil, sie war fröhlich und im

Gespräch sehr aufmerksam. Ich kann mir keinen
Reim auf ihren merkwürdigen Abgang machen!"

„Hat es sie nicht interessiert, wo Senora van den
Buur geblieben ist?"

„Warum sollte es mich interessieren?
Sie ist schließlich gegangen.
Mir war bekannt, dass ich sie am darauffolgenden
Samstag, beim dritten Treffen mit den Landkäufern,
wiedersehen werde.
Nur leider ist sie dort ebenfalls nicht erschienen.
Da ich sie beim zweiten Treffen erst richtig
wahrgenommen hatte, ist mir eine Nachforschung
sehr fern gewesen."

„Sie sagen gerade, dass Senora van den Buur am
vergangenen Samstag wieder bei ihnen erscheinen
wollte?"

„Ja, sie war die Initiatorin des dritten Treffens mit
den Landkäufern.
Sie hatte vergangenen Mittwoch den
Landverkäufern vorgeschlagen sich mit allen
Beteiligten am vergangenen Samstag hier bei mir zu
treffen. Dann sollten die Verträge unterzeichne
werden.
Wer nicht am letzten Samstag erschien, war Senora
van den Buur.
Somit haben wir den gesamten Verkaufsvorgang
ohne sie abgehandelt.

Drei weitere Bauern und ich haben dem Verkauf zu
den genannten und geschriebenen Konditionen
zugestimmt.
Somit konnten wir hier vor Ort die Verträge mit
dem Notar unterzeichnen.
Die Eintragung ins Grundbuchamt ist ebenfalls
sofort erfolgt, nachdem die Käufer uns sofort 50%
der Kaufsumme auf unsere Konten überwiesen
hatten."

Die Kommissare hatten alles aufgezeichnet und
schauen sich ratlos an.

Wo zum Teufel ist Senora van den Buur geblieben?
Es gibt keine weitere Spur von ihr, außer dass sie
zuletzt vergangenen Mittwoch bei Fernando im
Garten saß und sie zur Toilette ging. Danach verliert
sich ihre Spur gänzlich.

„Befand sich kurz nach ihrem zweiten Treffen mit
den Käufern, noch Personal von ihnen im Haus?"

„Soweit ich weiß, war Maria, unsere Küchenhilfe
noch im Haus. Sie ging allerdings kurz bevor Karin
zur Toilette wollte!"

„Können wir Maria sprechen?"

„Ja, sie müsste noch im Haus sein. Ich rufe sie kurz."

Fernando ruft Maria herbei.
Maria kommt, ihre Hände mit einem Handtuch
abwischend, aus der Küche.

„Hola Maria, Kommissar Gutierrez von der Guardia
Civil. Ich habe eine Frage zum Verbleib von Senora
van den Buur an sie!"

„Hola, Herr Kommissar. Ich habe Senora van den
Buur nicht mehr gesehen. Als ich mich
verabschiedete und ging, saß sie neben Senor
Fernando im Garten auf der Hollywoodschaukel!"

„Gab es denn irgendetwas außergewöhnliches an
diesem Mittwochabend, was ihnen aufgefallen ist,
im Zusammenhang mit Senora van den Buur?"

„Nein, nicht dass ich es wüsste!"

Maria schaut etwas fragend.

„Moment, da war nur dieser Mann, der die Dame
auf der Veranstaltung begleitet hatte. Sie hatte die
Präsentation gehalten und sie hatte auch sonst alle
Fäden in der Hand gehabt!"

„Ja und was war so auffällig?"

„Er kam auf mich zu, als ich gerade die Hazienda
verlassen wollte, und bat mich ihn noch einmal ins
Haus zu lassen.

Er sagte mir, dass er seine Brille im großen Raum
vergessen habe.
Ich habe ihn hineingehen lassen und bin dann
schon gegangen.
Im Hof stand ein dunkler SUV mit laufendem
Motor. So ging ich davon aus, dass er sofort wieder
das Haus verlässt!"

„Sie haben ihn nicht ins Haus begleitet?"

„Nein, warum? Er war ein Gast von Senor Fernando
und ich habe ihn gewähren lassen.
Würden Sie das nicht auch machen, wenn nur
jemand den sie kennen seine Sonnenbrille holen
will?"

„Das stimmt. Was sollten sie Böses dabei denken?
Können sie den Mann anhand von Fotos
identifizieren?"

„Ja sicher, ich habe ihn schließlich ein paar Mal an
diesem Abend gesehen. Er war sogar einmal bei mir
in der Küche und hatte nach einem neuen Weinglas
gefragt."

„Fernando, sie hatten vorhin erwähnt das sie an
dem Abend des zweiten Treffens, Bilder von ihrer
Zusammenkunft gemacht haben. Können sie mir
diese bitte einmal zeigen?"

„Ja, ganz gewiss!"

Fernando kramt sein Handy aus der Westentasche
hervor.
„Hier sind die Bilder dieses Abends auf meinem
Handy."

Gemeinsam schauen sich Kommissar Gutierrez und
Maria die Bilder auf Fernandos Handy an.

„Da! Der Mann ist es", zeigte Maria mit dem Finger.
„Er war derjenige, der nach seiner Brille gesucht
hatte und auch bei mir in der Küche war."

„Fernando! Schicken sie mir bitte die gesamten
Bilder auf mein Handy. Ich gebe ihnen gleich meine
Nummer!"

„Ja, kein Problem Herr Kommissar."

Wenige Sekunden später hat Kommissar Gutierrez
die Bilder auf seinem Handy und sendet die
markierten Bilder sofort an seine Dienststelle in
Malaga.
Hier sollen die Bilder mit Einträgen in Register von
straffällig gewordenen Männern verglichen werden.

„Ich gehe nach dem jetzigen Stand der
gesammelten Informationen davon aus, dass
Senora van den Buur Opfer einer Gewalttat oder
Entführung wurde.

Alle gesammelten Indizien weisen auf eine solche
Tate hin.
Wir müssen nun herausbekommen, wer dieser
unbekannte Mann auf den Bildern ist.
Dann können wir nach ihm fahnden.
Des Weiteren müssen wir das Auto von Senora van
den Buur finden! Dazu ist jetzt die Fahndung
rausgegangen!"

Kommissar Gutierrez gibt der Verkehrspolizei die
notwendigen Daten zur Fahndung nach Karins Auto
weiter.

„Sie glauben an ein Gewaltverbrechen?"

„Ja, Senora van den Buur ist schon einmal in eine
ähnliche Situation geraten.
Ich gehe davon aus, dass die Täter ihr keine direkte
Gewalt antun, denn sie ist keine Gegnerin der
Energiewende.
Eher ist sie eine Gegnerin der Machenschaften von
Investoren und Konzernen."

Die Kommissare verabschieden sich von Fernando
und Maria.

Es wird ihnen nicht leicht fallen eine konkrete Spur
zu Karin zu finden, weil die Tat schon einige Tage
her ist.

In den nächsten Stunden laufen die
unterschiedlichen Fahndungen auf Hochtouren.

Am folgenden Tag ist das erste Ergebnis vorhanden.
Die Guardia Civil hat Karins Auto in der Nähe von
Otivar gefunden.
Versteckt unter Bäumen und kaum einsehbar von
der kleinen Landstraße, stand das Auto von Karin in
der Bergwelt um Otivar.

Das Auto wird zur kriminaltechnischen
Untersuchung nach Malaga gebracht.

Bei der Untersuchung des Fahrzeugs können DNA-
Spuren von Karin und zwei unbekannten Personen
sichergestellt werden.
Im Auto selbst befinden sich keine persönlichen
Gegenstände mehr von Karin.
So kann die Guardia Civil davon ausgehen, dass
Karin nicht in ihrem Auto gewaltsam transportiert
wurde.

Die Kommissare Gutierrez und Ramirez suchen
derweil weiter nach Anhaltspunkten, die auf den
gesuchten Mann hinweisen könnten, der auf den
Fotos von Fernando zu erkennen ist.

Drei Tage vergehen und noch immer können die
Kommissare keine positive Meldung zu dem
gesuchten Mann machen.

Kommissar Gutierrez fährt nach Salares, um sich
noch einmal in der Wohnung von Karin
umzuschauen.
Er hat Madalena vorher telefonisch darüber
informiert, dass er in die Wohnung von Karin
möchte.
Da auch Madalena sehr großes Interesse an der
Lösung des Falles hat, benötigte Kommissar
Gutierrez keinen Durchsuchungsbeschluss für
Karins Wohnung.

In der Wohnung von Karin wird Kommissar
Gutierrez schnell fündig.
Karin hat in ihrem Atelier Raum alle Fotos von ihren
Recherchen fein säuberlich und geordnet an
Pinnwänden aufbewahrt.
Auf zwei Fotos der damaligen Veranstaltung in
Trapiche, ist der gesuchte Mann ebenfalls zu
erkennen. Er saß direkt neben Senora Perez.

Die Kommissare machen sich auf den Weg nach
Cordoba, um in der dortigen Universität für Energie
und Wirtschaft, Senora Perez aufzusuchen.
Sie haben Glück.
Senora Perez kommt gerade von ihrer letzten
Vorlesung zurück in ihr Büro.

„Senora Perez?"

„Ja bitte?"

„Senora Perez, ich bin Kommissar Gutierrez und das ist mein Kollege Senor Ramirez. Wir kommen mit einem bestimmten Anliegen zu ihnen."

„Ja bitte, um was geht es?"

„Schauen sie sich bitte diese Fotos an und sagen sie uns, wer der Mann auf diesen Fotos ist!"

Senora Perez schaut sich die Fotos in Ruhe an.

„Das ist ein Mann vom Sicherheitsdienst in Granada, der mich ab und zu auf Veranstaltungen begleitet."

„Eine Art Bodyguard?"

„Sie können es so ausdrücken, Herr Kommissar."

Senora Perez wirkt zunehmend zickiger.

„Wissen Sie, Herr Kommissar, bei den vielen Terminen, die ich im Rahmen meiner Tätigkeit für europäische Investoren aus der Energiewirtschaft habe, kommt es vor, dass Gegner dieser Investoren unsere Geschäftstermine stören und uns manchmal persönlich angreifen wollen!"

„Das kann ich nachvollziehen", sagt Kommissar Gutierrez.

„Schließlich geht es bei ihren meisten Terminen um
Existenzen und viel Geld. Trotzdem hätten wir von
ihnen gerne den Namen des Mannes erfahren, der
sehr oft an ihrer Seite ist!"

„Ich kann ihnen wirklich keinen vollen Namen
nennen.
Ich kenne ihn nur als Jorge.
Sie müssten sich für genauere Angaben an den
Sicherheitsdienst in Granada wenden.
Die vollständige Adresse bekommen sie bei meiner
Sekretärin im nächsten Zimmer rechts."

Um die Form solcher Gespräche zu wahren,
bedankt sich Kommissar Gutierrez höflich bei
Senora Perez.
Auf die Bürotür zugehend dreht sich Kommissar
Gutierrez noch einmal kurz zu Senora Perez um.

„Sagen sie Senora Perez, warum fragen sie mich
nicht aus welchem Grund wir einen ihrer
Sicherheitskräfte suchen?"

Etwas schnippisch antwortet Senora Perez:

„Lieber Herr Kommissar, ich mache mir keine
Gedanken über ihre Suche nach Hilfspersonal. Da
habe ich bei weitem wichtigere Dinge zu tun!"

Mit hochgezogenen, buschigen Augenbrauen
nimmt Kommissar Gutierrez die Antwort von
Senora Perez zur Kenntnis.

„Ich hätte noch eine klitzekleine Frage, wenn sie
gestatten."

„Ja und die wäre?"

„Sie haben doch erst vor kurzer Zeit ihren Ehemann
durch seinen Suizid verloren.
Wie können sie dann schon wieder voll arbeiten?
In solchen Fällen sind direkte Angehörige erst
einmal sehr betroffen und finden erst nach
Monaten zurück ins Leben!"

„Ich glaube sie gehen mit ihren Fragen etwas zu
weit, Senor Kommissar.
Ich möchte sie bitten jetzt mein Büro zu verlassen!"

Das Zeichen, das Senora Perez zu diesem Satz
macht, ist eindeutig.

Kommissar Gutierrez ist überzeugt, dass Senora
Perez etwas mit dem Verschwinden von Karin zu
tun hat.
Zu sehr ist sie mit ihrer Förmlichkeit den Fragen des
Kommissars aus dem Wege gegangen.

Die Kommissare gehen ins Nebenzimmer, dem
Sekretariat von Senora Perez.

„Hola, mein Name ist Kommissar Gutierrez von der
Guardia Civil.
Senora Perez hat uns gebeten bei ihnen die Adresse
des Sicherheitsdienstes in Erfahrung zu bringen, der
die Begleitungen für Senora Perez bereitstellt!“

Wortlos schaut die Sekretärin auf ihren Bildschirm
und bewegt dabei mit der rechten Hand die Maus
des Computers.
Sie schreibt etwas auf einen kleinen Notizzettel und
reicht diesen wortlos an die Kommissare weiter.

Komisches Verhalten, denken die Kommissare.

Die Sekretärin sieht die fragenden Blicke der
Männer.

Sie kritzelt noch etwas auf einen Zettel.
„Entschuldigen sie bitte! Ich bin stumm!“

„Bitte entschuldigen sie unser Verhalten! Und
vielen Dank für ihre freundliche Hilfe!“

Auf dem Zettel stehen die Adresse und die
Telefonnummer von einem Sicherheitsdienst aus
Granada.
Von Cordoba aus waren es gute neunzig Minuten
Fahrt bis Granada.
Die Sicherheitsfirma hat ihre Öffnungszeiten bis
17.00 Uhr.

Das würden sie heute nicht mehr schaffen.
Die Kommissare beschließen daher, in Cordoba zu
übernachten und am nächsten Morgen nach
Granada zu fahren.

Sie übernachten unweit der Mezquida, in einem
kleinen muslimischen Hotel.
Der lauschige Innenhof des Hotels wird als
Restaurant genutzt.
Sie nehmen im Innenhof Platz und bestellen sich die
Spezialitäten Cordobas.

Zur Vorspeise eine Salmorejo. Eine köstliche kalte
Tomatensuppe mit Speckwürfeln und gekochten
Eierbröseln.

Zur Hauptspeise wählen sie Rabo de Toro. Ein
herrliches Stück Ochsenschwanz, was sechs
Stunden bei 80 Grad im Ofen geschmort wird. Die
durch den Schmorvorgang entstehende Sud ergibt
nachher eine teuflisch gute Soße.
Als Krönung des Ganzen, gibt es zum Dessert eine
Creme Brulee!

Die beiden Kommissare genießen das herrliche
Dreigänge Menü.

Sie sind gerade fertig und wollen bezahlen, als ein
Mann ins Restaurant kommt, der dem gesuchten
Mann aus Arenas del Rey ähnlichsieht.

Er nimmt unweit von ihnen an einem freien Tisch
Platz.
Wenige Minuten später kommt zur Überraschung
der Kommissare, die Sekretärin von Senora Perez.
Sie nimmt am Tisch des unbekannten Mannes Platz.

Die beiden Kommissare beraten ihr weiteres
Vorgehen.
Sie kommen zu dem Ergebnis, dass sie die beiden
Personen zuerst einmal in Ruhe lassen.
Sie wollen in Ruhe bezahlen und dann beide
Personen ansprechen.

Da das Hotel drei Ausgänge in die vielbesuchte
Innenstadt Cordobas hat, benötigen sie die
Unterstützung des Hotelpersonals.

Kommissar Ramirez geht an die Bar und bittet um
die Rechnung, mit dem Vorwand, dass seine
Begleitung nicht mitbekommen solle, dass er
bezahlt hat.

Als er den Bezahlvorgang abgeschlossen hat, bittet
er den Kellner, die Haupteingangstüre des Hotels zu
verschließen.

„Warum sollte ich das tun?"

„Ich bin von der Guardia Civil", sagt Kommissar
Ramirez und zeigt seinen Dienstausweis.

„Bitte, schließen sie für kurze Zeit den Haupteingang des Hotels und informieren sie ihre Kollegen, dass wir hier in Kürze eine gesuchte Person unauffällig festnehmen werden!"

Der Kellner folgt den Anweisungen von Kommissar Ramirez.

Kommissar Ramirez gibt seinem Kollegen Kommissar Gutierrez das Zeichen, dass alles in Ordnung ist.

Kommissar Gutierrez steht von seinem Platz auf und geht langsam an den Tisch, an dem die Sekretärin mit dem gesuchten Mann sitzt.

Als die Sekretärin Kommissar Gutierrez sieht, erschrickt sie. Ihr Gegenüber springt auf und will das Restaurant verlassen.
Hinter ihm steht aber schon Kommissar Ramirez und hält ihn fest.

„Bitte bleiben sie ruhig und besonnen. Wir sind von der Guardia Civil und nehmen sie vorübergehend fest!"

„Senora, sie bleiben bitte sitzen und genießen ihr Essen. Halten sie sich hier zu unserer Verfügung!"

Ohne großes Aufsehen führen die beiden
Kommissare den Mann in einen kleinen Nebenraum
des Hotels.

Sie haben ihm Handschellen angelegt und
durchsuchen ihn auf mitgeführte Waffen.
Dabei stellen sie seine Geldbörse mit seinen
Scheckkarten, Ausweispapiere und eine Walther
PP2 im Halfter, sicher.

„Sie sind also Jorge Lopez?" Kommissar Gutierrez
hält ihm seinen Ausweis vor das Gesicht.

„Ja, der bin ich. Was wollen sie von mir und wer
sind sie?"

„Ich bin Kommissar Gutierrez und das ist mein
Kollege Kommissar Ramirez!
Wir sind von der Guardia Civil und ermitteln im Fall
von Senora Karin van den Buur.
Senora van den Buur ist seit einigen Tagen spurlos
verschwunden.
Nach unseren Bilddaten sind sie die letzte Person
gewesen, die Senora van den Buur lebend gesehen
haben muss!"

„Wie kommen sie zu dieser Behauptung und wer
gibt ihnen das Recht mich hier gegen meinen Willen
festzuhalten?"

Kommissar Gutierrez holt sein Diktiergerät aus der Jackentasche, schaltet es ein und sprach: „Jorge Lopez, geboren am 24.03.1986, ich nehme sie vorläufig unter dem Verdacht fest, Senora Karin van den Buur entführt oder getötet zu haben. Sie haben das Recht zu schweigen und können einen Anwalt hinzuziehen. Alles, was sie jetzt freiwillig aussagen kann gegen sie verwendet werden!“

„Was soll das Ganze?“Fragt Jorge Lopez sichtlich nervös.

„Ich habe mit der Sache nichts zu tun!“

„Mit welcher Sache meinen sie?“ Kommissar Gutierrez schaut fragend.

„Ja, ich habe Senora van den Buur vielleicht zuletzt gesehen. Ich habe Senora van den Buur im Auftrag von Senora Perez an diesem Abend, an dem wir in Arenas del Rey waren, in das Auto von Senora Perez gebracht.

Senora van den Buur schien ohnmächtig zu sein!

Nachdem ich Senora van den Buur in den SUV von Senora Perez gelegt und ihr die Sachen von Senora van den Buur gegeben hatte, ist Senora Perez mit ihrem Auto weggefahren.
Gleichzeitig fuhr ein unbekannter Mann mit dem Auto von Senora van den Buur vom Platz.“

„Die Hausangestellte von Fernando hat sie gesehen
und uns gesagt, dass sie ihre Sonnenbrille
vergessen hatten und daher das Haus nochmals
betreten haben!“

„Das ist wahr! Ich musste unter einem Vorwand in
das Haus gelangen und Senora van den Buur
herausholen.
Zu meinem Glück ist die Hausangestellte nicht
mitgegangen und hat mich allein hineingehen
lassen.
Ich fand Senora van den Buur ohnmächtig auf der
Toilette.“

„Wer hat ihnen denn gesagt, dass sie dort ist.“

„Das war Senora Perez, die mir Bescheid gegeben
hatte, dass ich Senora van den Buur dort finde.“
„Es war also alles geplant?“

„Ja, es war wohl alles genaustens geplant!“

„Wovon ist ihrer Meinung nach Senora van den
Buur ohnmächtig geworden?“

„Ich wurde während der Präsentation von Senora
Perez gebeten, ein leeres Weinglas aus der Küche
zu holen. Dieses Weinglas sollte ich dann mit einer
Flüssigkeit einreiben und draußen an der
Hollywoodschaukel auf den Tisch stellen!“

„Wie bitte?“ Kommissar Gutierrez schaut
ungläubig.

„Wenn es so gewesen ist, wie sie es und sagen,
dann hätte Fernando als Gastgeber über alles
Bescheid wissen müssen!“

„Ja, das kann durchaus sein! Fernando ist seit
Jahren ein Freund des Hauses Perez!“

„Fernando? Dann hat er uns die ganze Zeit
belogen!“

„Die Dame, mit der sie soeben am Tisch saßen, wer
ist das?“

„Das ist meine Freundin und die Sekretärin von
Senora Perez in der Universität.
Ihr Name ist Gilda. Leider ist sie stumm und kann
ihnen nicht viel mitteilen. Höchstens schriftlich oder
in Gebärdensprache.“

„Dürfen wir Gilda dazu holen?“

„Das müssen sie entscheiden. Wenn sie am Tisch
noch auf mich wartet?“

Kommissar Ramirez geht zurück ins Restaurant, um
Gilda zu holen.

Gilda sitzt gedankenverloren am Tisch des
Restaurants.
Sie stochert mit ihrer Gabel in der rechten Hand auf
dem geblümten Teller in ihrem Salat herum.

„Senora Gilda, würden sie mir bitte ins Hotel
folgen?"

Gilda schaut zum Kommissar hoch und nickt.

Als Gilda den Nebenraum des Hotels betritt, rennt
sie weinend auf Jorge zu und umarmt ihn.

Merkwürdiges Verhalten, denken die beiden
Kommissare, als sie dieser Szene beiwohnen.
Warum war Gilda so fahrig?

„Senora Gilda, würden sie bitte am Tisch Platz
nehmen," sagt Kommissar Gutierrez.
Kommissar Gutierrez reicht Gilda eine Serviette,
damit sie sich die Tränen aus dem Gesicht wischen
kann.

„Senora Gilda, wir ermitteln gegen ihren Freund
Jorge, wegen des Verdachts auf Entführung oder
Tötung von Frau Karin van den Buur!"

Gilda schüttelt mit dem Kopf.

Sie deutet etwas zu Jorge in Gebärdensprache.

„Gilda möchte einen Zettel und einen Stift“, sagt
Jorge.

Kommissar Ramirez gibt Gilda einen Block und
einen Stift.

Sie schreibt auf das erste Blatt: „Jorge hat mit der
Sache nichts zu tun. Er arbeitet lediglich als
Bodyguard für Senora Perez. Er muss ihr immer zur
Verfügung stehen, wenn sie es will.“

Die Kommissare lesen die Zeilen.

„Wir wissen, dass ihr Freund Jorge am gleichen Tag
in der Finca gewesen ist, in der Senora van den
Buur sich aufgehalten hatte.

Wir wissen ebenfalls von ihrem Freund, dass er die
ohnmächtige Senora van den Buur in das Fahrzeug
von Senora Perez getragen hat.
Das und ein paar Dinge mehr hat ihr Freund uns
bereits mitgeteilt.
Versuchen sie jetzt bitte nicht irgendetwas zu
verdrehen. Schreiben sie uns auf, was sie wissen.“

Gilda nimmt sich den Stift und schreibt weiter auf
dem nächsten Blatt des Blocks.
Es dauert fast drei Minuten, bis Gilda zu Ende
geschrieben hat.
Kommissar Gutierrez bekommt von Gilda das Blatt
und liest laut vor, was darauf geschrieben steht.

„Senora van den Buur ist nicht tot!
Sie befindet sich im Keller einer Finca von Senora
Perez. Dort bekommt sie drei Mal am Tag von mir
Mahlzeiten, Getränke und Unterhaltungsmaterial
gebracht.

Es geht ihr gut.
Das Gelände um die Finca und die Finca selbst sind
durch Kameras stark bewacht.

Die Finca liegt mitten in Olivenhainen, versteckt
nahe der N432 zwischen Cordoba und Espeja.

In der Finca lebt der Ehemann von Senora Perez!"

Die Kommissare schauen sich fragend an.

„Das kann nicht sein Gilda! Senor Perez hat vor
wenigen Wochen Suizid begangen und ist auf dem
Friedhof von Setefila zu Grabe getragen worden!"

Gilda schüttelt mit dem Kopf.

„Woher können sie so sicher sein, dass Jaime Perez,
der Ehemann von Senora Perez noch lebt?"

Gilda schreibt kurz noch ein paar Zeilen auf ein
Blatt:

„Senor Jaime Perez ist schon seit längerer Zeit
ständig auf der Finca. Früher war er nie so oft dort.
Nur an verschiedenen Tagen oder an
Wochenenden! Er erledigt von der Finca aus
Aufgaben, die ihm Senora Perez erteilt. Die Finca
verlässt Senor Perez nie!"

„Vielen Dank Gilda! Jetzt wird uns langsam klar,
dass hier ein großes Spiel gespielt wird."

Der Kommissar liest die restlichen Zeilen auf dem
Blatt.

„Bitte verraten sie uns jetzt nicht!

Senora Perez hat die Familien von Jorge und mir,
sowie viele andere Familien in der Hand.
Sie schreibt uns vor, was wir für sie zu tun haben!
Tun wir dies nicht, erfahren unsere Familien ein
Leid"

Langsam lässt Kommissar Gutierrez den Zettel
sinken und starrt an die Mosaikverglasten Fenster
im Nebenraum des Hotels.

Alle beobachten ihn dabei. Es ist still im Zimmer.

„Ist Senora Perez auch jeden Tag auf der Finca?"

Gilda schüttelt verneinend mit dem Kopf.
Sie nimmt sich wieder Zettelund Stift und schreibt.

„Senora Perez hat unweit der Universität noch eine
Wohnung in Cordoba. Dort übernachtet sie des
Öfteren, wenn sie abends lange unterwegs ist!"

Die Kommissare Gutierrez und Ramirez beraten sich
in einer Ecke des Zimmers.

Gilda und Jorge sitzen am Tisch und halten sich die
Hände. Die Handschellen zieren die Handgelenke
von Jorge. Man kann ganz genau erkennen, dass
Gilda die Hände von Jorge fester drückt.

„Gut, wir haben von ihnen nun die Auskunft
erhalten, dass Senora van den Buur noch am Leben
ist und es ihr gut geht.
Die Fragen, die sich uns nun stellen, sind nicht
einfach zu beantworten.

Deshalb werden wir ihnen
folgenden Vorschlag machen: Jorge und sie dürfen
gleich diesen Raum verlassen und sind vorläufig auf
freiem Fuß.

Dies könnte sich ändern, wenn sich herausstellt,
dass ihre Angaben unrichtig sind.

Sie kommen bitte weiterhin ihren Aufgaben
gegenüber Senora Perez nach. Sie werden Senora
Perez oder ihren Mann Jaime nicht über unsere

Unterredung heute informieren. Haben sie das bis hierher verstanden?"

Gilda und Jorge nicken zustimmend.

„Wir benötigen jetzt von ihnen die Adresse der Wohnung von Senora Perez und deren genaue Lage.
Zeigen sie uns ebenfalls die genaue Lage der Finca auf dem Satellitenbild meines Handys!"

Kommissar Gutierrez reicht Gilda sein Handy.
Sie zeigt ihm die Lage der Finca.

Es sind insgesamt vier Gebäude auf dem Gelände mitten in einer riesigen Olivenplantage. Die beiden Gebäude auf der linken Seite sind Stallungen.
Die beiden Gebäude auf der rechten Seite sind die Gebäude der Wohnhäuser. Etwas weiter rechts davon, gibt es noch eine kleine Poolanlage.

„Senora Gilda, bitte zeigen sie mir jetzt die Lage des Kellerraumes in der Finca!"

Kommissar Gutierrez schaltet sein Handy auf 3D Aufnahmen.
Senora Gilda zeigt ihm die Lage des Kellerraumes auf der Finca.
„Vielen Dank Gilda, das genügt mir an Informationen."

„Sie beide können jetzt gehen.
Bitte führen sie ihre Tätigkeiten weiter so aus, wie
sie es immer getan haben!
Oder haben sie beide bis morgen nichts mehr für
die Familie Perez zu tun?"

„Nein," antwortet Jorge.
„Wir beide haben erst morgen früh unsere
Aufgaben zu erledigen. Ich soll morgen früh gegen
9.00 Uhr bei Senora Perez sein und Gilda soll um
8.00 Uhr auf der Finca erscheinen!"

„Dann halten sie sich bitte zu unserer Verfügung,
falls wir noch weitere Fragen haben.
Ihre Pässe behalten wir so lange, bis entschieden
ist, ob sie angeklagt werden oder nicht."

„Danke Herr Kommissar! Wir werden sie nicht
enttäuschen", sagt Jorge.
Er bekommt von Kommissar Ramirez noch die
Handschellen abgenommen und dann verlassen
Jorge und Gilda das Nebenzimmer des Hotels.

Kommissar Gutierrez greift zum Handy und
bespricht sich mit seinem Polizeichef.

Ziel ist es, Karin van den Buur aus ihrer Geiselhaft
zu befreien.

Da die Befreiung möglichst unauffällig durchgeführt
werden soll, einigen sie sich darauf, mit der Aktion

bis in die frühen Morgenstunden des nächsten
Tages zu warten.

Beide Kommissare gehen zurück in ihr Hotel, stellen
sich ihre Wecker auf 4.30 Uhr des nächsten Tages
und schlafen.

Im Morgengrauen startet die Aktion zur Befreiung
von Karin van den Buur und gleichzeitig die Aktion
zur Festnahme von Senora Perez in ihrer
Stadtwohnung.
Die N432 wird in beiden Richtungen komplett
gesperrt. Zufahrtswege von anderen Anwesen um
die Finca von Familie Perez werden ebenfalls
blockiert. Der Strom in dieser Region wird
vorübergehend abgestellt, damit die
Kameraüberwachung der Finca nicht möglich ist.

Gegen 6.00 Uhr in der Morgendämmerung fahren
mehrere gepanzerte Limousinen und gepanzerte
Mannschaftswagen auf das Gelände der Finca.

Im gleichen Augenblick positionieren sich zwei
Hubschrauber über der Finca und beleuchten das
gesamte Gelände.

Die gut ausgebildeten Kräfte der Guardia Civil
erstürmen in kurzer Zeit die Finca.
Zuerst nehmen sie den schlaftrunkenen Jaime Perez
fest und befreien dann Karin van den Buur im
Kellerraum aus ihrer Gefangenschaft.

Zur gleichen Zeit stürmen zwei Sonderkommandos die Wohnung von Senora Perez in Cordoba und die Finca von Fernando in Arenas del Rey.
Die Sonderkommandos können sowohl Senora Perez in ihrer Wohnung als auch Fernando auf seiner Finca festnehmen.

Alle drei festgenommenen Personen werden zur weiteren Vernehmung nach Malaga gebracht.

Karin ist schwach auf den Beinen und noch schläfrig.
Als sie nach draußen geführt wird, traut sie ihren Augen nicht. Sie sieht Jaime Perez in einem gepanzerten Fahrzeug der Guardia Civil!

Karin versagt es die Stimme.

Jaime Perez wird mit dem Fahrzeug der Guardia Civil abtransportiert.

Karin wird zu den Kommissaren Gutierrez und Ramirez geführt.

Als sie die Kommissare sieht, rannte Karin in die Arme von Kommissar Gutierrez und fing bitterlich an zu weinen.

Vor lauter Weinen und Schluchzen bekommt sie keinen Ton heraus.

Kommissar Gutierrez hält Karin eine ganze Zeit lang
festgedrückt an seiner Brust in den Armen.

Langsam beruhigt sie sich wieder.
Kommissar Gutierrez lässt sie los und setzt sich mit
ihr auf die Holzbank, die vor der Finca steht.
„Danke, danke lieber Kommissar Gutierrez!"

Karin wischt sich die letzten Tränen aus dem
Gesicht.

„Sie müssen sich nicht bei mir bedanken. Danken
sie allen Freunden, die uns über ihre Abwesenheit
informiert haben. Hätten sie nicht so großartige
Freunde, wäre ihre Entführung nie bemerkt
worden!"

Karin lächelt Kommissar Gutierrez zufrieden an.

„Liebe Frau van den Buur, wir haben nun eine
Menge Ermittlungsarbeit vor uns. Sie werden als
Zeugin sehr gefragt sein. Können sie mir ungefähr
sagen, ab wann sie uns zur Verfügung stehen
könnten?"

„Ich denke, dass ich ihnen übermorgen für die
ersten Informationen zur Verfügung stehen kann!"

„Das klingt gut. Bis dahin sind wir mit den ersten
Vernehmungen der festgenommenen Personen
fertig!"

Karin van den Buur wird von zwei Polizisten nach
Salares gebracht.

Zurück in Malaga vernehmen die Kommissare am
späten Nachmittag Jaime Perez.

„Senor Perez, sie gelten offiziell als tot. Nun finden
wir sie zufällig auf der Finca ihrer Ehefrau wieder!
Was haben sie uns dazu zu sagen?"

„Ich möchte nichts sagen, bevor nicht mein Anwalt
hier ist."
„Das können wir verstehen. Er wird in wenigen
Augenblicken hier eintreffen. Wir hatten ihn auf
ihre Bitte rechtzeitig über den
Vernehmungszeitpunkt informiert!"

Wenige Minuten später erscheint Rechtsanwalt
Gonzalves.

„Wehrte Kommissare, ich vertrete Senor Perez und
Senora Perez!
Können Sie mir bitte erläutern, warum sie meine
Mandanten festgenommen haben und sie zurzeit
außerhalb ihres Dienstbereiches in der Provinz
Malaga festgehalten werden?"

„Ihre Fragen kann ich sehr gerne beantworten!

Die Entführte und durch Freiheitsentzug mehrere
Tage festgehaltene Senora Karin van den Buur hat
ihren Wohnsitz in der Provinz Malaga.
Da wir den Fall bearbeitet haben, wurden zwischen
den beteiligten Polizeipräsidenten der Provinzen
Cordoba, Granada und Malaga, die Absprache der
Festnahmen am gestrigen Abend abgesprochen.

Beide von ihnen vertretenen Personen werden
noch vor Ablauf der 24 Stunden Frist einem
Haftrichter vorgeführt, der dann über einen
Haftbefehl entscheiden wird.

Zeitgleich befindet der Haftrichter über eine
weitere Unterbringung in dem JVA-Malaga für
Senor Perez und Senora Perez in der JVA Alhaurin."

„Können sie mir mitteilen, für wann die
Haftprüfungstermine vorgesehen sind?"

„Ich gehe davon aus, dass die Termine am späten
Abend stattfinden. Wir werden sie informieren."

„Vielen Dank! Ich werde jetzt noch mit meinen
Mandanten über das gesamte Prozedere sprechen.
Sollten sie eine der beiden Personen weiter
befragen wollen, teilen sie mir dies bitte mit, damit
ich dabei sein kann."

Nach zirka drei Stunden bekommen die
Kommissare die Mitteilung, dass der

Haftprüfungstermin im Gericht gegen 22.00 Uhr
stattfindet.

Gemeinsam mit Senor und Senora Perez betreten
die Kommissare das Richterzimmer.
Ihnen folgt der Anwalt beider Personen.

Der Richter verliest die Anklageschrift, die ihm die
Staatsanwaltschaft hatte zukommen lassen.

Die ersten Punkte betreffen die Entführung und der
Freiheitsentzug von Senora Karin van den Buur.
Es wird beiden weiterhin zur Last gelegt, den Tod
von Jaime Perez vorgetäuscht und damit die
Behörden getäuscht zu haben. Inwieweit
Versicherungen oder Privatpersonen geschädigt
wurden, wird im Fortgang der Ermittlungen noch zu
klären sein.

Der Anwalt von Senora und Senor Perez bittet um
Haftverschonung beider Personen.

Dies lehnt der Richter ab, da ihn die
Staatsanwaltschaft darüber informiert hat, dass
noch weitere Ermittlungen gegen beide Personen
anhängig sind und der Verdacht auf
Bandenkriminalität vorliegt.
So ordnet der Richter eine erste Untersuchungshaft
für vier Monate an.

Fernando aus Arenas del Rey wurde nach der
Vernehmung durch die Kommissare ebenfalls dem
Haftrichter vorgeführt. Dieser macht ihm zur
Auflage einen achtwöchigen Hausarrest zu Hause
abzusitzen.
Eine Anklage wegen Mittäterschaft wird ihm in den
nächsten Wochen zugehen.

Nun, da alle Fakten für die Angeklagten geklärt
sind, können sich die Kommissare auf den Weg ins
Präsidium Malaga machen.

Am nächsten Tag ruft Kommissar Gutierrez bei
Karin in Salares an.
Beide verabreden sich für den nächsten Tag.
Allerdings hat Karin darum gebeten, das weitere
Gespräch in einer schönen Umgebung zu führen.

So treffen sich die Kommissare und der
Staatsanwalt mit Karin im Hotel Vinuela am Vinuela
Stausee.

Das Gespräch dauert fast vier Stunden. In diesen
vier Stunden kommen alle bisher bekannten
Gewaltverbrechen im Zusammenhang mit den
Landverkäufen zur Energiegewinnung in den
Provinzen Cadiz, Sevilla, Cordoba, Granada und
Malaga, zur Sprache.

Schon im Zuge der gesamten Ermittlungen wurde klar, dass Senora Perez die absolute Führungsrolle in allen Vorgängen innehat.

In der Provinz Granada hatte sie zusammen mit Politikern aus der Provinz dafür gesorgt, dass die Großkonzerne dort ausreichend Möglichkeiten erhielten dort Grundwasser zu fördern und daraus resultierend die gesamte Mineralwasserproduktion Spaniens zu monopolisieren.

Der getötete Kommunalpolitiker Luiz war Senora Perez zu aktiv. Zu sehr war er mit der Bekämpfung der Investoren und Konzerne im gesamten Gebiet der Sierra Nevada beschäftigt. Ständig sorgte er für Probleme, die Zeit und Geld der Investoren kosteten. Deshalb hatte Jaime Perez sein Fahrzeug manipuliert, sodass Luiz tödlich verunglückte.

In der Provinz Cadiz gingen beide Todesfälle auf das Konto von Senora Perez und Jaime Perez.

Senora Perez hatte, als Prostituierte getarnt, dem Landwirt eine tödliche Injektion Insulin verabreicht. Er starb an mehrfachem Organversagen.

Jaime Perez hatte Antonio in der Klinik von Malaga getötet. Er hatte zum Schichtwechsel eine tödliche Menge Blausäure in den Tropf gefüllt, der Antonio schnell sterben ließ.

In Sevilla war es wiederum Jaime Perez, der die drei Bauern mit freiliegenden Hochspannungsleitungen gezielt tötete.

Senora Perez wiederum befahl den vorgetäuschten Suizid von Jaime Perez, da sie befürchtete, dass Jaime Perez zu nah an Frau van den Buur sei.

Schließlich hatte er sich ihr gegenüber als der barmherzige Samariter für die Bauernschaft aufgeführt.
Da erschien es Senora Perez nur eine Frage der Zeit, bis Jaime Perez gegenüber Frau van den Buur weich werden würde und Geheimnisse preisgab.

Diese Gefahr war Senora Perez zu groß.

Warum hatten sie jedoch nicht versucht Karin van den Buur zu beseitigen?

Sie hatten Angst, dass aufgrund der Recherchen die Karin van den Buur angestellt hatte, der Verdacht entstand, sie sofort damit in Verbindung zu bringen.

In Arenas del Rey wurde Karin van den Buur in den Augen von Senora Perez zu aktiv.
Senora Perez wurde ungeduldig und entschied sich kurzfristig zur Entführung Karin van den Buur.

Sie sollte so lange in ihrem Gewahrsam auf der
Finca bleiben, bis alle Verträge unter Dach und Fach
waren.

Die beteiligten Landespolitiker aus Andalusien, die
für die vertraglichen Abwicklungen in den
Provinzen gesorgt hatten, mussten ihre Posten
räumen. Sie bekamen wenig später Ruheposten
innerhalb des EU-Parlaments in Brüssel.

Die amtierenden EU-Ratspräsidentin war ebenfalls
in die dunklen Geschäfte mit der Energiewende
verwickelt.
Ihr konnte man lediglich den Kontakt zu Senora
Perez nachweisen, aber keinerlei Beteiligung an
irgendwelchen Straftaten in Rahmen der
Ermittlungen.
Zwar tauchte immer wieder ihr Name in
Verbindung mit den Bossen der europäischen
Großkonzerne auf, aber hier waren die
Verbindungen nicht von öffentlichem Interesse.

So wurde ein kleiner Teil der kriminellen
Handlungen von einer agilen Historikerin ans
Tageslicht gebracht.

Karin van den Buur lebt weitern in ihrem
Herzensort in Salares. Sie wird sich wieder ihren
Unikaten aus Stoffen und Garnen widmen.

Wenn in der nahen Zukunft die Prozesse um eine wahre Begebenheit stattfinden, wird sie sicher einen großen Spaß daran haben erneut in der Galerie der ständig aus dem Boden schießenden Kriminellen Vereinigungen aus EU, Konzernen, Politikern und Investoren zu recherchieren.

An alle Leser, die in Andalusien unterwegs sind:

Nicht überall in diesem reizenden Land ist die Kriminalität vertreten. Wenn ihnen unterwegs die ein oder andere Location aus dem Thriller bekannt vorkommt, dann tauchen sie ein in die Welt der eigenen Wahrnehmung.

Haben sie Lust mir in den sozialen Medien zu folgen?
Einfach den Begriff @sparrows-camper-time in die Suchfunktion eingeben und weitere Informationen und Bilder von mir anschauen.

Ich freue mich sehr, wenn sie mich dort für meinen 2. Kriminalroman bewerten. Nur so kann ich mich verbessern.